D－山獄鬼

吸血鬼《バンパイア》ハンター36

菊地秀行

朝日文庫

「一冊の本」二〇一八年九月号から二〇一九年六月号まで
連載されたものに加筆・修正しました。

目次

吸血鬼《バンパイア》ハンターDの世界

遙か遙か未来の地球。人類は核戦争の末に衰退し、代わって〝貴族〟と呼ばれる吸血鬼たちが高度な科学文明を駆使し、全生命体の頂点に君臨していた。しかし吸血鬼の食糧と化した人類も反旗を翻してふたたび〝貴族狩り《ハント》〟を始め、荒廃した大地の上で、貴族VS人間の争いは激しさを増していた。

吸血鬼と人間の間に生まれついた混血種《ダンピール》のDは、究極の吸血鬼ハンターである。様々な依頼主に雇われては貴族狩りを遂行するDの出自の謎とは？　この世界の隠された秘密とは？　そしてDの運命の行方は？　今日もまたDの旅は続く――。

『D－山嶽鬼』登場人物

D……

長身痩躯。完璧な強さと美貌を兼ね備えた貴族ハンター。その左手は別の人格を持ち、嗄れ声で話をする。

冥府山に集まりし者たち……

ギャルストン一家《カンパニー》／賞金稼ぎの無法者一家。父、叔父、ジェニー、チャド、シャグの5人。

〝三羽の白鳥〟／ファザー、エルダー、ヤンガーの3人家族。黒尽くめの腕利き揃い。

ミルドレッド／女猟師。母と恋人ザンを探しに山頂を目指す。

リデュース公爵／貴族。旧い型の歩行馬車を駆使する。

シジョン／リデュース公の下僕。吸血鬼に血を吸われ〝貴族もどき〟となった。

タド／山のとある場所でミルドレッドと出会い……。

冥府城の者たち……

冥府卿／???すべてが謎の存在。

サージュ／冥府卿の息子にして護衛騎士。

紅姫／冥府卿の娘。その力の強大さゆえ、父に眼を奪われている。

CHARACTERS◆GUIDE

イラスト／天野喜孝

第一章　遭遇

1

〈中部辺境区《セクター》〉を代表する神秘は〝冥府山《マウント・ヘヴン》〟である。

〈辺境区〉のほぼ中央に鎮座した海抜九〇〇〇メートルの巨峰に神秘の名を付与するものは、その山頂を煙《けぶ》らせる万年の霧と、その奥にそびえるといわれる謎の人像であった。

年間を通して晴れることのない濃霧は珍しくないが、人像だけはいまなお、神秘という名の霧にも包まれたままだ。

この山に挑んで、かつてひとりだけ下山に成功した男がいた。地元の病院へ収容された彼は、ひび割れた唇で頂きに巨大な人の像が立っていると告げ、像は黄金製であり、高さ一〇〇メートル余りとつけ加えて死んだ。

これを単なる冷気と酸素欠乏による妄想と人々が判断しなかったのは、彼のリュックの中に絵入りのメモが残されていたからである。

絵は七枚もあり、どれもかなり精緻な作品であった。衰弱し切った眼と手が描いたものでは断じてない、と医者も人々も判断した。

ただちに像の捜索隊が編成され——とはいかなかった。病院のある町の男たちは、みな渋ったのである。〝冥府山〟に挑んで、帰還したものはいなかったからだ。

だが、いま帰還者の存在と証言とメモとが、逡巡を打ち砕いた。

高さ一〇〇メートルの黄金の像がある。

それは怯懦《きょうだ》のこころを拭い去り、深い部分で蠢《うごめ》く欲望に火を点けた。

男たちによる登山隊が結成され、第六次までが未踏の山壁に挑んだ。

七五人全員が未帰還。

それから十数年の歳月が流れた。


街道をやや外れた空地に建つ〝避難所《シエルター》〟の前を、一頭のサイボーグ馬が通りかかった。

廃棄されて数年と思《おぼ》しい、ドアもない半円筒の建造物の内部には、人影がひとつ横たわっていた。サイボーグ馬の影はない。

「助かった」

とそれは安堵の息とひと言を洩らして、

「そこの人」

とサイボーグ馬の主に呼びかけた。

返事はない。

確かに騎手はいる。疲労と空腹と出血のせいで閉じかけた人影の眼が、かっと見開かれたほどの、美しい黒衣の若者が。

だが、美しさの別名は冷酷だ。

若者もサイボーグ馬も、人影など一顧だにせず歩き去ろうとする。

「待ってくれ」

と人影は立ち上がり、戸口へと向かった。

「連れて行ってくれ。おれはラドゥ。戦闘士だ――牙男《ファング・マン》に馬をやられちまった」

嘘いつわりのない、心底からの叫びであった。

サイボーグ馬は停止した。

「おお」

人影――ラドゥはよろめきながら外へ出た。午後遅くの街道だが、世界には白い光が満ちている。息は白い。冬である。

「あんた、ひょっとして――Dか？」

苦痛を抑えた声に驚きが加わった。

「その顔――その衣裳――間違いねえ。まさか、死にかけてようやく本物に会えるとはな」

「ラドゥと言ったな」

冬の空気よりも冷たい声が流れて来た。戦闘士は全身が凍りついたのではないかと思った。

「あ、ああ」

「シジョンという息子はいるか？」

意外な問いに、その真意を疑う間もなく、

「――いたよ」

と返した。それから奇妙な期待をこめて、

「――知ってるのか？」

「死んだ」

「………」

「手にかけたのは、おれだ」

ラドゥのいかつい顔に新たな驚愕の波が広がった。

「〈北部辺境区〉のグーリクの町で、銀行を襲った。治安官と町民に追われて、おれのいるホテルへ逃げこみ、おれに刃を向けた」

ラドゥはなお呆然と美しい若者を見つめ、ようやく、

「……それで殺られたのか……」

と言った。少し間を置いて、

「……D相手じゃ仕様がねえ。運が悪かったんだな。だが……あいつが強盗なんぞを……」

「だが、息子は復活したぞ」

いきなり声が変わった。渋さを極めた嗄《しやが》れ声に、ラドゥはまた呆然と立ちすくんだ。え、お？　と呻《うめ》いてから、腹話術だろうと、使用する必然性を無視して納得した。次の質問が待っていた。しなくてはならぬ質問が。

「ど、どういうことだ？　生き返ったとは？　まさか……」

「そのまさかじゃの」

「し、しかし、たとえその後、貴族に血を吸われたとしても、死体は甦らんはずだぞ」

「死んどらんかったんじゃよ」

「………」

「こいつは妙に甘いところがあってな。わしにもよくわからん理由で、息子を即死させなかった。彼は病院へ運ばれ、一命を取りとめた――ところがその晩、町を貴族が通り過ぎたのじゃ」

「しかし……何故、病院を……」

「息子はその晩、取り調べを怖れて、病院を脱け出したのじゃ」

偶然の連鎖が招く地獄に、ラドゥは胸中で嘆息した。

「――そして、道で貴族に会《お》うた。リデュース公爵とな」

「リデュース公⁉」

呆然に続いて、愕然がラドゥを襲った。

ああ、と呻いた。

「シジョンよ――最後までツキのない息子だったか」

「全くじゃ。公爵も町を襲うつもりなどなかった。単に通りかかっただけじゃ。だが、馬車の前に人間がとび出し、しかも、包帯から熱い血を滲《にじ》ませていては、見過ごしてはいけまいて」

「で――息子は、シジョンは、何処《どこ》に？　まさか――リデュース公爵の奴と……？」

「去《い》った。一緒にな」

「どうしてわかる？」

「一部始終を目撃していた病人と付き添いがいたのじゃ。病院の前の木陰で、震えながら見ていたらしい」

「何故――ひと思いに殺してくれなかったのだ？　Dという男は、刃を向けた相手に容赦せんと聞いているぞ」

はじめて、ラドゥの形相が怒りに変わった。

冷たい鋼の声が応じた。

「一六歳だった」

　ラドゥは、その意味を理解してから息を呑み、両肩を落とした。全身を彩る殺気が退いていった。

「年端もいかねえ餓鬼は斬り捨てる値打ちもねえか——あんた、噂ほど凄まじい人間じゃなさそうだな」

「そうとも」

　と嗄れ声が言った。それは左手のあたりからした。

「——人間ではないがな」

「そういやそうだけどよ」

　ラドゥは溜息をついて、晴天の空を見上げた。白い雲が子猫のように進んでいる。

　その足下にDがサドル・バッグから取り出した布袋を投げた。

　鳴ったのは、確かに金属がぶつかり合う音だ。

「戦う前に渡された。自分が負けたら、父親にとな。一五〇〇ダラスあるそうだ」

「あいつが……おれに遺したのか？」

　ラドゥの口が、ぽかんと開いた。

「まさか……信じられねえ」

「勘違いが多い男だのお」

　左手が嘲《わら》った。

サイボーグ馬が歩き出した。挨拶しないDの別れ方である。

「もうひとつ聞かせてくれ」

ラドゥが大声を出した。

「あんた――おれを捜しに来たのか？」

返事はない。騎馬は遠ざかる。

「――これから何処へ行く？　ひょっとして、息子を殺しに、か？　あんたなら、自分が情けをかけたことで、息子が貴族の仲間になっちまったら、帳尻を合わせに行くだろう。違うか？　そうだろう」

Dは一〇メートルの先にいた。

「待ってくれ。おれも連れて行ってくれ。息子を人間《ひと》として死なせてやりてえんだ」

ラドゥは避難所へと走った。

荷物を持って戻って来たとき、街道にDの姿はなかった。

「おい、待て――待ちやがれ」

ラドゥの声は白い陽光を束の間、絶望と怒りの色に染めた。

ゲルバンダリは山麓《さんろく》の町である。人口六〇〇。近隣の町村と比べてもかなり大きい。

収入源は南の山麓にあるかつての貴族の研究施設と噂される廃墟の巨大炉から、年に一五グラムほど流出する〃貴族鉱〃といわれる貴金属で、同じ量の黄金の一〇万倍に匹敵する価値を持つ。この辺鄙《へんぴ》な田舎町が、かつて数え切れぬほど襲撃され、焼き払われたのは、ひとえにこの〃貴族鉱〃のためである。

ただここ十数年、略奪者たちの襲撃がないのは、巨大炉からの流出量が不変であり、炉を調整するのも移動するのも不可能だという認識が、ようやく行き渡ったせいだ。

世にも美しい若者がその町を訪れ、唯一の旅宿《たびやど》「明媚亭《めいびてい》」に部屋を取ったとき、町は緊張した。入る前に尋問を受けたとしても、過去の不安は去らなかったのである。

町の入口で彼を尋問した警備員は、すぐに町長と治安官に連絡し、二人は治安官の事務所で対策を協議した。ただの旅人なら問題はないが、誰もがこの若者の噂を耳にしていたのである。

「宿泊目的は、休養だそうだが」

治安官の言葉は、真っ向から否定された。

「Dといえば〈辺境〉で並ぶ者がない貴族ハンターだぞ。それが通り過ぎるだけでなく、宿を取る——そして、この町には貴族の遺跡が残り、山の頂きには黄金の貴族像が立つ——何事も起こらんわけがないだろう」

「可能性としては仰るとおりですが、ハンターといえど一夜の宿りを求めてもおかしくはないかと」

「尋常のハンターならば、な。だが、Dはダンピール——貴族と人間との間に出来た存在と聞いておる。ダンピールが休むのは、むしろ昼だ。夕暮れ近くに宿を求める——これ以上おかしなことがあって堪るものか」

「では、どうしろと仰るので？」

「すぐ追放したまえ」

治安官は軽蔑と笑いを噛み殺した。

「それは——理由がありません」

「——何とかなるだろう。町令でハンターを泊めることは出来んとか。何ならいますぐ作るぞ」

「みっともない真似はおやめ下さい」

「むむむ」

「〝訪問者症候群《ヴイジター・シンドローム》〟ですぞ、町長」

三重顎の顔がネオンサインみたいに赤くなったり青くなったりするのを、治安官は愉《たの》しげに見つめた。

卓上フォンが鳴った。

耳に当てて治安官はすぐ、

「まさか——何ィ？」

「どうした⁉」

尋ねる町長の顔は未来への予測と絶望に煙《けぶ》っていた。

「西の門《ゲート》からです。ギャルストン一家《カンパニー》が通行と宿泊を求めています」

「ギャルストン一家⁉　札つきの荒くれグループではないか。いかん、追い返せ」

「それが、誘導弾砲をチラつかせているそうで」

町長は頭を抱えた。

「強引に退去を命じれば戦闘ということか。えーい、何もかもDとかいう奴のせいだ。あいつが来てから――」

「どうします？」

「仕方あるまい。宿泊理由を訊いてから入れてやれ」

治安官がそう伝えてから、少し経って、事務所の前を黒馬にまたがった五人の男女が通過していった。華奢としかいえない女が、背中に長剣を負っている。居合わせた町人たちもあわてて手近のドアや路地にとびこむか、顔を背けた。

殺気の網を被ったような一団であった。

ギャルストン一家――〈中部辺境区〉でも名うての無法者一家だ。本業はお尋ね者にかかった賞金を飯の種にする、いわゆる〝賞金稼ぎ《バウンティ・ハンター》〟だが、金になりさえすれば、用心棒、殺し屋、銀行強盗――何でもやると評判だ。

彼ら自身がお尋ね者にならないのは、目撃者全員の惨殺という手段を選ばぬやり口による。

彼らが「明媚亭」の方へ去ってから、窓を覗いていた町長が、ようやく、

「あいつら――何をしに来たんだ？　ひょっとして、目的は――Dか？」

「それじゃあ逆ですよ」

と治安官が否定した。

「逆もへチマもあるか。どっちも〈辺境〉では肩を並べる危険人物だぞ。出くわしでもしたら
――」

蒼白の町長を無視して、治安官は胸中の疑惑を反芻《はんすう》中であった。

町長の意見に、彼は賛成だったのである。

すなわち――

彼らは何を求めて同じ時期にやって来たものか？

この問いは、一時間後、再燃することになった。

町会堂へ戻らず、自宅で寝こんでいた町長の元へ、治安官から電話が入ったのだ。

「今度は〝三羽の白鳥〟が舞い降りました」

電話機の向うの声も、ひどく疲れているように響いた。

2

どんな町にも酒場がある。人間《ひと》の住むところには必ず、紅閨《こうけい》の巷《ちまた》が出現するがごとくである。「赤い靴《レッド・シューズ》」と呼ばれる店も、それなりの賑わいを見せていた。
○六〇〇ＰＭ。日没と同時に開店。
○七〇〇ＰＭ。店内の五割が埋まる。
○八〇〇ＰＭ。例のごとく、酔客同士が口論から乱闘。
○八三〇ＰＭ。ＫＯされた客が家へ戻り、鍬《くわ》を持って来店する。相手も鎌で応戦。田舎町らしい戦闘が繰り広げられる。
○八三五ＰＭ。
スイング・ドアが開いて、黒い風のように五人の男女が入って来た。

「ギャルストン一家だ」

五人は奥の大テーブルに向かい、先客はあわてて席を立った。

右頬に残痕《ざんこん》の残る若いのが、銃身と銃把《じゅうは》を切断《カットオフ》した火薬連発銃で先客のグラスや皿を払い落とし、年齢はさして変わらない髯《ひげ》だらけの大男が、カウンターの主人に、

「酒と——女だ」

すぐに若いホステスが酒とグラスを載せたトレイを運んで来た。田舎町の酒場では、近隣の娘や主婦がアルバイトでホステスを務める場合が多い。

瓶とグラスを並べた女の尻へ、髯だらけがそっと手をのばすのへ、

「チャド」

女が声をかけた。

手が引っこむ前に、髯だらけの巨体が一瞬震えた。

「わかったよ、ジェニー」

諦め切った風に両手を上げる。

「みんな、今夜は控えろよ」

と白髪の男が鋭い眼つきで、中のひとりを見つめた。

「わかったよ、親父」

斬痕の男がうなずいた。そのくせ、酒瓶を見る眼は、憑かれたような光を帯びている。

「今度、ヨゼアシみたいな真似をしたら、その場で始末するわよ、シャグ」

女も念を押した。ヨゼアシとは〈中部辺境区〉の田舎町である。三年ほど前、お尋ね者集団と賞金稼ぎとの大規模な戦闘があり、完全に焼き払われた。二〇〇余名の住人の九割が死んだといわれている。お尋ね者の名前は不明だが、彼らを殲滅《せんめつ》した賞金稼ぎの方はわかっている。

「わかったよ、姉貴」

どうやら弟らしい。

隣りにかけた中年男の身体が震えている。笑いをこらえているのだ。

シャグが歯を剝いた。

「何がおかしいんだよ、叔父貴?」

「いや。変わっとらんな、おまえも」

とテーブルに並べたカードを見つめた。

「餓鬼のときから気になっていたが、やっぱり想像どおりのゴロツキになりおった。お袋は泣いておるだろう」

「おい」

シャグが立ち上がった。

椅子を引く音だけで、店内に静寂が落ちた。

「まだやる気か?」

「おお。得意の占い札には何と出てる?」

「おまえを占うときは、いつも同じだ。〝敗北〟さ」

「野郎」

叔父と呼ぶ以上は同じ血が通っているのだろうが、そんなことは微塵も思わせぬ怒りの形相で、シャグは両手を胸前に上げた。

「おい」

と親父が制止する。

「大事の前だ。流血は許さんぞ」

この男の命令は鉄らしく、シャグはちぃと吐き捨てるや、両手をカウンターの方へのばした。

眼に見えない銃撃であった。酒瓶の一角が爆発したように吹っとんだ。

きらめく破片と琥珀《こはく》色の液体から逃げまどう人々を、シャグの哄笑が迎えた。

ドアが開いた。

夕闇と一緒に入って来た人影へ、シャグの右手が躍った。

人影はよろめいた。

シャグが眼を剝いた。他のメンバーも続く。

よろめいただけで、人影は平然と立っていた。

黒ずくめの男は三人いた。服もその上にまとったケープも黒一色だ。ご丁寧に顔まで黒マスクだ。眼も口も闇に閉ざされていた。

ふたたび沈黙が店の空気を固めた。

「〝三羽の白鳥〟か」

ギャルストン親父が粘っこい声で言った。

「そちらはギャルストン一家」

シャグの念力攻撃《サイキック・アタック》を食らった大男が、五〇年配と思しい声で返した。

「狙ってしたことじゃねえぞ」

と親父が言い訳した。

「動機は問題ではない。結果がすべてだ」

三人は店内に広がった。年配の声の主が中央、カウンター前に陣取った影は、しなやかな身体つきから若者と知れた。ひどく太った三人目が左の窓際だ。

周囲の客たちが、次々に椅子から転がり落ちた。逃げ出そうとしても、恐怖にすくんだ手足が拒否したのだ。

「闘《や》るのはいいが、こっちは五人だぜ」

とシャグが言った。両手は持ち上がっている。黒ずくめのリーダーが返した。

「こっちは三人——だが、ひとりで十分だ」

「野郎」

と呻いたのは髯面のチャドであった。膝上の連発銃の安全装置を外す。

「来い」

とカウンター前の黒ずくめが挑発した。

声をたてる者はなかった。じきに死の王国が出来上がる。居合わせた客の誰もがそう確信した。

ドアがきしんだ。

黒い三人が震えた。明らかに驚愕と混乱の表情であった。彼らは外から近づく足音にも気配にも気がつかなかったのだ。

驚きは激怒に変わり、三人は前方の敵の存在も忘れて、ふり向いた。

闇よりも冷たく暗い人影が立っていた。

世にも美しい若者であった。〝三羽の白鳥〟が一瞬、戦闘意欲を喪失したほどの美貌には、彼らにも理解し難い世界の冷厳が漂っていた。

「まさか」

と真ん中の〝鳥〟がつぶやいた。

「こんなところで会おうとは、な――Dよ」

空気は三度《みたび》凍結した。

美しい若者は応じもしなかった。

彼は三人がそこにいないかのように店内へ入り、カウンターの前へ来た。

「主人《あるじ》か？」

はじめて、人々は〈辺境区〉一の貴族ハンターの声を耳にした。

「へえ」

あまりにも間の抜けた返事を笑う者もいなかった。

「〝冥府山〟から戻って来た男の息子か？」

主人は答えず、かえって店内にようやくざわめきが甦った。

Dの問いに対する答えは、誰もが知っていた。

否である。

「いや」

と主人が首を横にふったが、Dは続けた。

「山から生還した男は黄金の人像について語った。だが、おれが尋ねているのは彼ではない。もうひとりの方だ」

沈黙。そして、店はどよめいた。

「もうひとりいた？」

「知らねえぞ、そんな話」

客の視線が、主人に集中したのは当然だ。痛みでも感じたかのように、主人は胸を押さえ、息をつぎつぎ言った。

「そんな話――聞いたことも――ねえ。ただの――噂話だよ」

「おまえの名はジェレマイア・トーラス。父親はマクブライト――話は彼から聞いた」

「――それが、どうしたってんだ？」

「彼は山から戻った後、我が家とおまえを捨てて放浪の路を選んだ。放っておけば、山の呪いがおまえの身に及ぶと考えたからだ」

「わかった」

と主人が告げたのは、話の内容よりも、自分を見つめるDの眼差しに恐怖したせいであった。

「――後で話そう。店が終わった頃に来てくれ」

「それはやめた方がいい」

店中が――〝三羽の白鳥〟もギャルストン一家さえも眼を剝いた。

「おまえはもう眼をつけられている」

主人の眼がDの左右へと移動し、

「そのようだ」

とうなずいた。

「おれたちのことかい、Dという名の男よ？」

ギャルストン親父が訊いた。一同は立ち上がっていた。

「それとも、おれたちか？」

〝三羽の白鳥〟であった。そのどちらも気にする風もなく、Dは言った。

「おれがいなくなった途端に、おまえは拉致される。話すなら、いまにしろ」

「悪いが、みんな帰ってくれ。酒代はテーブルに置いて行け」

カウンターの小さな音が、主人の眼を吸いつけた。一センチ角の黄金の切れ端だ。厚みは一ミリもない。黄金——いや、輝きが違う。遙かに深く美しい。

主人は眼を丸くし、それから、言葉を絞り出した。

「これは……〝エッシャー黄金《ゴールド》〟じゃねえか……まさか……生きてるうちに拝めるたあ思わなかったぜ」

声は震えていた。言い終わらぬうちに、客たちが集まって来た。

息を呑み、唾を呑んで、切れ端に注がれる眼差しは、感動と——恐怖に彩られていた。

切れ端の表面には、小さな建物の内部構造と住人たちが描かれ、階段や廊下、ドア等が生き生きと——動いていた。

正しく——見るがいい。凝視するうちに、二階への階段を上がる人々は、いつの間にか廊下へ出て、その廊下の底面を歩いている。だが、その先にある階下への石段は、何の異常もなく人々を通してしまうのだ。平然と先を急ぐ人々は別の階段を下りるが、それは二階の廊下に続いている。

この貴金属の表面では、次元が混乱し錯綜し、入り乱れているのだ。

〝エッシャー黄金〟とは、それ故の名前か。

もとは貴族とO　S　B《アウター・スペース・ビーイング》（外宇宙生命体）との技術攪拌《かくはん》から偶然生まれた化学物質のひとつだ。世界各地で造り出されたものの、貴族をもってしてもこの成分を再現できず、その入手に汲々としているとされる。

だが、入手しても取り扱いを誤れば、貴族といえど、その表面に展開する異次元の世界に呑みこまれてしまう。忽然と姿を消してしまうのだ。

そんな品を、この美しい若者は無造作にカウンターへ投げた。人々の関心は、貴金属よりも彼自身に向けられていたのかも知れない。

「あんた——これを？」

「他所《よそ》で店を開け」

「わ、わかった。銀行へ持ってきゃ、この半分で一〇万ダラスだ。何でもしゃべるぜ——さ、おまえら、金は要らねえ、とっとと出て行け」

客たちはおとなしく去った。手の届かぬ〝エッシャー黄金〟よりもロハの飲み代《しろ》の方が魅力的だったのである。或いは、これから起きることを予想したのかも知れない。

二組の客が残った。

ギャルストン一家と——

〝三羽の白鳥〟が。

その全員へ、

「出て行け」

とDは言った。

「よせよ。こうなるのは、あんただってわかってるはずだろ」

とギャルストン親父が薄笑いを浮かべた。

「〝エッシャー黄金〟――それだけでも、儲け話に違いない。放ってはおけんなあ」

〝三羽の白鳥〟のリーダーが言った。

「おれはギャルストンの親父だ」

名乗った。

「おれは〝三羽の白鳥〟のファザー、でかい方がエルダー、もうひとりがヤンガーだ」

礼儀ではない。互いにこの場で相手を必殺する自信と意志とに満ちた名乗りであった。

そして――

「D」

主人が倒れた。

緊張と――殺気に耐え切れなくなったのである。

「邪魔はなくなったな。後でゆっくり締め上げてやるぜ」

と舌舐めずりしたのは、チャド・ギャルストンか。

「それはおれたちの役だ」

白鳥――エルダーが言い放った。

Dは動かない。

その身体からは殺気さえ洩れていないのだ。

三つ巴――戦いの表現にはよく使われるが、これほど不気味で戦慄的なものが世にあるだろうか。

3

店内の殺気が頂きをめざして駆け上がる――そのとき、
嗄れ声が、
「来たの」
と言った。
ギャルストン一家と、〝三羽の白鳥〟が顔を見合わせ、それから、眉を吊り上げた。
通りの南の端から響く重々しい音に気がついたのである。
足音だ。規則正しく近づいて来る。
だが、この地響きは？
ずぅん
ずぅん
凄まじい重量が地面を踏みつける。猛々しくもない。ひっそりでもない。極めて自然に、
ずぅん

ずぅん

いま——店の前だ。

誰も動かない。

店が揺れた。

通り過ぎた。

去っていく。北の端へ。

二組の荒くれ者《スポイラーズ》が構えを解いた。武器にかけていた手を離したのだ。

凄まじい叫びが爆発した。人間以外のものの絶叫であった。

ふたたび、武器へと手を走らせる面々を、

「ひーっひっひっひぃ」

憎々しげな嘲笑が叩き伏せた。Dの左手であった。最初の叫びも彼のしわざらしい。

「——戦闘屋が、ひと息ついてどうする。周りは敵だらけじゃぞ」

そして、また、

「ひーっひっひっひぃ」

指摘された荒くれの面貌が怒りにふくれ上がったのは勿論だ。だが、芯が欠けていた。嗄れ声の指摘がもっともだと、認めてしまったのだ。

「これでは、お互い腕試しとはいくまいて。さ、一杯飲って出て行け。いま、おまえらが束になっても、この男には勝てんわい」

肺腑をえぐる、とはこれだろう。だが、二組の凶漢たちは、意外にもあっさりと席を立った。〝三羽の白鳥〟にいたっては入ったときからずっと立ちっ放しだから、戸口へ向き直っただけだ。無駄死にはしない――〈辺境〉で戦う者たちの鉄則は、彼らの骨の髄まで沁みこんでいるのだった。

「また会うぞ」

と、ギャルストン親父が言い放ち、

「すぐに、な」

〝白鳥〟のファザーが凄みを利かせた。

ギャルストン一家、〝三羽の白鳥〟の順で出て行くと、通りには人々が集まっていた。地面には、長径六〇センチ、短径三〇センチもある足跡が、点々と残されていたのである。

まだ凍りついたホステスたちを無視して、Dはカウンターに置かれた安ウィスキーの瓶を手に取って、カウンターの内側へ放った。

どんな摑み方をしたものか、瓶は空中で破裂し、ガラスの破片と琥珀色の中身が、向う側へ降り注いだ。

悲鳴が上がった。

ウィスキーと破片まみれの店主が立ち上がって来た。

「な、何て真似しやがる」

カウンターの下から二連火薬銃を取り出してDに向け、そこで正気に返った。

二連銃を下ろして、長い息を吐いた。

「聞かせてもらいたい」

とDは言った。

「あ――ああ」

店主はうなずいた。それまで何度もこうして来たなとわかる、潔さだった。

「おい、カリーナ」

とホステスのひとりを呼んで、カウンターを任せ、

「こっちへ来てくれ」

と奥のドアへ顎をしゃくった。


「親父が山へ登ったのは、たったひとりの生還者――ハドゥルスって男だ――が死亡してひと月ほど後だ」

狭いオフィスで店主は、むしろ力強い声で話しはじめた。覚悟を決めたのだ。

彼はひと息ついて訊いた。

「親父はどうした？」

「〈北部辺境区〉の木賃宿で亡くなった」

とD。

「そうかい。葬式はどうした？」

「出した」

店主は驚いたようにDを見つめた。

「ひょっとして、あんたが、か？」

「……………」

「そうか、そうなんだな。どんな姿になっても、葬式だけは人並みに挙げてやりたいと思っていたが――そうかい、礼を言うよ、ミスターD」

「続けろ」

「いいともよ。手っ取り早く言うと、親父は山頂へ辿り着き、例の黄金像とやらを確認した。だが、それまでも、それ以後の下山も地獄だったらしい。全身は凍傷にかかって、都合七本の指を失い、右肩と左腰の肉はどっぷりと持っていかれていたんだ」

それは明らかに、獣に食いちぎられたものだったという。

「あの山に貴族の城があり、そこには五メートルを超す石人と人狼の群れがいるという伝説があった。城の守り人だといわれている。親父を襲ったのは、そいつらだ。少なくとも人狼なのは間違いねえ」

「彼は貴族の城を見たのか？」

「ああ」

店主はうなずいた。最も嫌な質問だと、表情と首のふり方が伝えて来た。

「岩の上に建っている、というより、岩をくり抜いて造り上げた城だと言っていた。そんなもの想像もつかねえが、貴族なら何だってやるだろう。雪がひどくて、全体は見分けられなかったそうだ」

「住人は？」

「何も言わなかった。見てたらそう言ったはずだ」

「城に入りはしなかったのか？」

「実はそこんところが曖昧なんだ。おれもそう訊いた。親父は最初うなずき、すぐにかぶりをふって、NOと叫んだ。おれは正直——入ったんだと思う。だが、そのときの親父の形相があんまり凄かったんで、何も言えなかったし、いまでも忘れようと努力しているよ」

「どうやって下山した？」

「え？」

「貴族の作った守り人に追われて、並みの人間が二人も無事下山できたとは思えん。追手を撃退する手段を持っていたはずだ」

「そこまで知ってるのか」

店主は溜息をついてから苦笑を浮かべた。

「少し待っててくれ」

と部屋を出た。一〇分ほどで戻った右手には、四〇センチほどの紙包みを掴んでいた。引っぺがすまで三〇分もかかった。

「行くときは火薬の連発長銃を持っていったが、帰ったときにはこれを掴んでた。どうしても放そうとしないんだ。生命の綱だったんだろう」

テーブルの上に紙包みを置いてから丁寧にほどいていった。

現れたのは、握り《グリップ》をつけたラッパのような品であった。握りと広口《ひろくち》の手前に合成樹脂の紐《ストラップ》がついている。

手に取って、三個の調整バルブみたいな凸部を押してから、

「原子破壊銃《アトム・ブラスター》だの」

と嗄れ声が言った。店主が眼を剝いた。

「これなら、石の巨人だろうと、人狼だろうと尻尾を巻くわい。かすっただけで、原子に分解されてしまう。まだ使えるかいの？」

Dは首を横にふった。

「エネルギー切れかの」

「処分しちまうさ」

と店主が、厄介者を追い払うように手をふってみせた。

「貴族の武器なんざ持ってたら、碌《ろく》なことはねえ。厄病神ともこれでおさらばだ」

「これだけか？」

「これだけだ」

店主は、肩の荷でも下ろしたような表情でうなずいた。

「どうやって手に入れたかは？」

「訊いてはみたんだが、怯え切った顔でそっぽを向いちまったよ。後は何にもだ」

「最初の生還者——ハドゥルスは？」

「いや、聞いたこたあねえ」

「昇降ルートは、調査隊と同じか？」

「いや、多分違う」

店主は眼を細めて記憶を辿った。すぐに、

「最初の調査隊が戻らなかったとき、親父は、別のルートを取らなきゃ危ないと、地図と首っぴきだった。猟師のところへも通って相談してたようだ。山へ登る何日か前から、夜半にひとりで、見つけたぞ、見つけたぞ、と興奮し切っていたよ。新しいルートのこっだろう」

「知っているか？」

「残念だが、さっぱりだ」

首をふる店主へ、

「邪魔をした」

Ｄは踵《きびす》を返した。その背後で、

「そうだ」

店主が手を叩いた。

「――思い出したよ。山から戻って半月ばかり経った頃か。夜半に親父がうなされていたんだ。おれはトイレへ行く途中だった。そっと寝室のドアを開けると、親父の右手が真っすぐ天井を指していた。それで――」

Ｄがふり向いた。

不思議な光を放つ眼が店主を見つめた。それに命じられたかのように、

「確かにこう言ったんだ。『紅《あか》い眼だ』ってな」

「ほお」

応じたのは、嗄れ声だった。

「どういう意味だ？　親父は何を見た？」

それに対する返事はなく、

「町を出ろ」

Ｄの声と足音は遠ざかっていった。

ドアが閉じると、店主は椅子の背にもたれて、煙草《たばこ》を取り出した。〈都〉の商人から購入し

た品は、〈辺境〉で一〇倍――〈中央辺境区〉だと一五倍に跳ね上がる。全〈辺境区〉の内側にあるためだ。喫《す》うのは三日ぶりである。

血液に流れこんだニコチンが体内を巡って、彼を恍惚とさせた。思い切り吐いて、

「――いい男だったなあ――いやいや、あの山で何が起ころうとしているんだ？　何にしても――」

遠い眼をした。映っているのは、狭いオフィスではなく、彼に似たひとりの老人かもしれなかった。

「やっと決着《ケリ》がつくな、親父。あんたにも、おれにも。あの色男が、代わってつけてくれるとさ」

「明媚亭」の部屋は二階にある。

背の剣を左手に移して、Dはベッドに横になった。

「厄介な登山仲間が増えたのお」

左手が愉しそうに言った。ウキウキと形容がつきそうな声音である。

「だが、奴らにしてみれば、登る途中より、平地で片をつける方が得策だ。体力ではダンピールに敵わん。勝てる場所でおまえを始末し、登山に励むじゃろうて」

「あの足跡は、リデュース公の歩行馬車のものだ。奴も登山に興味を示したか」

「そこがわからん。わしらを入れて四組、うちひと組は貴族——まるで見えぬ手に招かれたかのごとく、『冥府山』の麓に集まって来た。その理由は？」

「招いたのだろう」

Dの答えは、部屋を急に冷たくさせた。

「山が、な」

「すると——他にもまだ来るか」

ノックの音がした。

「女じゃな——よく足音を殺しておる」

左手には、それでもわかっていたらしい。

「誰だ？」

左手が訊いた。とまどった気配が伝わって来た。

「ミルドレッドって猟師よ」

「その声ではまだ小娘じゃな。何の用だ？」

「爺さんに用はないわ。ご主人様を出しなさいよ」

「何じゃとお」

「何の用だ？」

Dの声が、二人の声も激した感情も冷たく吸い取った。

女――ミルドレッドが、また沈黙した。息を呑んだのである。少しして言った。

「あなた――D？」

「そうだ」

「あなた――『冥府山』に登るんでしょう？　あたしも連れて行って頂戴」

「何故、山に登ると思う？」

「さっきの酒場に、友だちが勤めてるのよ。親父が猟師だったから、あたしも小さな頃からあの山に登って、鳥や獣を獲《と》ってたわ。町の者の知らない小道や登山ルートも知ってる。絶対に役に立つわ。貴族には強いけど、山の化物と戦ったことないでしょう。あたしに任せて」

「山に詳しい猟師なら、何故、ひとりで登らない？」

Dは当然の質問をした。

「あの城の内部《なか》へ入るには、あんたの力が要るからよ」

「城へ行ったのか⁉」

左手の驚きの声が、またも、ミルドレッドを沈黙かつ困惑させた。恐らくDも驚いたのではあるまいか。たった二人しか登り切り、無事戻って来たことのない試練の登山を、ドアの外の娘は可憐とさえいえる声で登り切り、下りて来たと言うのか？

「ええ。一度きりだけどね」

Dはドアに近づき、開けた。

毛皮のジャケットを着た娘は、背に斜めに矢筒をかけて、左手に半弓を握っていた。恐らく事あれば瞬時に戦闘態勢に移る凄烈さを湛えた顔が、みるみる溶けていく。

Dを見てしまったのだ。

Dが脇にのくと、ギクシャクと機械人形みたいな足取りで入って来た。

「かけい」

嗄れ声が言うなり、美しい夢から醒めたように、頭をふってからDを見た。

「かけろ」

鋼の声である。安堵に近い息を吐いて腰を下ろした表情は少し疲れて見えた。Dの顔と嗄れ声のあまりの落差に神経がふやけてしまったのだ。

「で？」

とDが訊いた。

「山へ登りたい理由《わけ》は？」

「あの城の中に、母さんと彼がいるのよ」

ミルドレッドは、はっきりと口にした。

第二章　森に潜むもの

1

「彼というのは？」

とD。

「あ、あたしの。ザンって名前。あたしが三つのとき、気候調整装置《ウエザー・コントローラー》の狂いで、ひどい飢饉が〈中央〉を襲ったの。みんな土地や家を売ってお金に替え、他の〈辺境区〉や〈都〉の商人たちから食糧を仕入れて、急場を凌いだそうよ。うちは貧しかったから、それも出来なくて、とうとう母さんが貴族の廃墟へ行くと言い出した。お金になるものが必ずあると言ってね。父さんは止めたんだけど、母さんは聞かずに、ひとりで登っていったの――それきり戻って来なかったわ」

ミルドレッドは床に視線を落とした。過去の傷はまだ癒えていないのだ。その眼が異様な光を帯びて来た。この娘にとって、哀しみを補塡する感情は、憎しみなのであった。

「一五になったとき、あたしにはザンがいた。母さんを捜しに行きたいって言ったら、一緒に行くと言ってくれた。二人で習い合って来た半弓の腕にも自信があったの。それで――」

初秋のある日、ミルドレッドと父親しか知らぬルートで、二人は貴族の廃墟をめざした。晴天と見えた空は、二〇〇〇メートルも登らぬうちにかき曇り、凄まじい雷雨が万物を叩きはじめた。

「中腹にある洞窟に隠れたけど、まるであたしたちを狙い射つみたいに雨と風が吹きつけ、雷が落ちたわ。それでも怖くはなかった。山の中でしょっちゅう出食わす状況が、厳しくなっただけだもの。いつか鎮まると信じていられた。ザンが起きているからと言ってくれたから、あたしは眠りこんだ。短い、とわかるくらいで、ゆり起こされたわ。ザンは洞窟の出入口を見つめていた」

出入口のすぐ――二メートルと離れていない場所に、白いドレスの女が立っていた。

明かりを向ける前に新たに走った稲妻が、女の顔を照らし出した。

「母さんだったわ」

ミルドレッドの声は、そのとき抱いた感情が喜びではないと告げていた。

「でも、あたしやザンの知ってる母さんじゃなかった。あたしたちを見つめる表情は笑ってもいなかった」

闇の中に赤い光が二つ点っていた。

「母さんの眼よ。そのときわかった。母さんはもういない。そこにいるのは、身体だけ母さんで、中身は貴族なんだって」

女は手招いた。町民が、あんなに働いているのに何て綺麗なんだ、っていつも言っていた母の繊手《せんしゅ》であった。

「招かれたのはあたしじゃなかった。ザンが立ち上がり、弓を構えたまま、ふらふらと出入口に歩いて行ったの。あたしは声もかけられなかった。やっとザンの名を呼んだとき、彼は母さんと一緒に、あたしに背を向けて、闇の中へと歩き出したのよ」

母さん、やめて、とミルドレッドは叫んだ。去っていったものが戻り、別の人間を連れて去ろうとしている。

「ザンを連れて行かないで！」

闇に溶け込む寸前の母の背へ――

「矢を射《い》たのよ。心臓は狙えなかったけど、右胸には当たったはずよ。でも、母さんもザンも闇の中に消えた。二人がどうなったか、あたしはこの眼で確かめなくちゃならないのよ」

「なら、ひとりで行け」

冷ややかなDの返事であった。娘の表情も冷ややかなものに変わった。

「そう。わかったわ。他人を当てにしたのが間違いだったのね。いいわ、その代わり、あたしの邪魔をしないでね。容赦はしないから」

叩きつけるようにドアを閉めてミルドレッドが去ると、

「威勢のいい小娘じゃな」

と左手が愉しげに言った。

「間違いなく山へは登る。しかし、いまの話のとおりだとすると、山には予想外の連中がいるらしい。人狼の他に貴族もどきか。何も知らぬ麓の連中は幸せものじゃな」

ドアがささやかな破砕音をたてた。

Dの鼻先を黒い影が飛んで、奥の窓に刺さって止まった。

窓ガラスではない。木の桟《さん》に命中したのである。

ちら、と眼をやっただけで、Dはそこに近づいた。

「わしに任せい」

左手が矢を摑む代わりに、Dは矢の端に手の平を当てて引き抜いた。小さな口が咥《くわ》えている。

Dはそれをドアの貫通孔に向けた。

弾けるような音は急激な吐息であった。黒い光が真っすぐそれを貫き、すぐ外で、あっ⁉

と驚きの声が上がった。

音もなく逃走に移った足音を、Dははっきりと聞いた。

「あの小娘――肝を冷やしたろうて。だが、どうしてどうして、大した腕前じゃ。ドア一枚邪魔されて窓の桟を射抜いて止めるなど、力の入れ方が絶妙じゃ。これを見せてもう一遍交渉するつもりだったんじゃろうが、やり返したら諦めた。だが、あの腕前でも、貴族の廃墟に入ったら、二日と保たんぞ」

「選んだ道だ」

「そうとも。しかし、不憫《ふびん》ではあるの」

左手の声は、本気で沈んでいる。


翌日の早朝、Dは「明媚亭」を出た。

登山ルートは古いものが二本。うち一本は使われなくなって久しい。どちらのルートも、山の中腹――三〇〇〇メートルまでで閉じられる。そこから先は、人間の領土ではないのだ。

登り口へと向かうDとサイボーグ馬へ町民の視線が集中する。死神でも見るような視線と表情が、Dの顔へ向いた途端に陶然となるのはいつもの現象だが、それ以外は珍しく同情の念が濃い。「冥府山」へ登ったものは、死神といえど戻れないのかも知れなかった。

「おまえとギャルストン一家と〝白鳥〟どもとリデュース公、プラスあの娘――五組登山というのも賑やかじゃの。町の連中の反応を見ると、すでにどいつか先に登ったらしい。さて、どう出るか」

誰が先陣を切ったのか、Dには気にもならないらしかった。

「昨夜のが残っておるな」

町から点々と楕円形の足跡が道の先まで続いている。四足歩行――昨夜の通過者のものだ。

Dはサイボーグ馬を止め、足下の跡へ左手をかざした。

「〝からくりバンドーム〟の歩行馬車――MF88じゃ。二、三〇〇年ほど昔の型《タイプ》じゃな」

「やはり？」

「リデュース公じゃな。グーリクの町で見た足跡と瓜二つじゃ。さすがに、こんな旧い型を使うのは他にいまい。堅実な貴族ではあるの」

ケケケと笑った。

サイボーグ馬の蹄《ひづめ》が土を踏みはじめた。

「だがな――どいつもこいつも含めて、わしらは誰の廃城へ向かっておるのじゃ？　山頂の黄金像を鋳造したのは、何という貴族か？」

左手の言葉が、質問ではなく独り言なのは、いかにDといえど答えは出ないとわかっているからだ。

「冥府山」――海抜九〇〇〇メートルを超えるこの山をくり抜いて城と成し、黄金像を遺して、いつしか消えていった貴族の名を、誰も知らぬのであった。

一〇〇年以上前から、〈辺境区〉と〈都〉の調査団が徹底的な資料精査と聞き取りを行ったが、築城は貴族暦の初期、廃棄は約三〇〇〇年前と知れたくらいで、住人についてはことごとく霧の中で終わった。彼らは山へも登らなかったのである。

主の名も知れぬ城の廃墟は、いまも山上で風雪に耐えている。

だが、主なき城へ何故、Dは赴くのか。

ギャルストン一家は？

〝三羽の白鳥〟は？

招かれた、とDは言う。

ならば、リデュース公も？

あの娘――ミルドレッドもか？

一時間ほどで登山口へ出た。

道は二手に分かれ、どちらも道の両脇に立った棒杭に鎖が二本ずつ張られている。

「切られておらんな」

と左手が面白そうに言った。

「先行したのは、ギャルストン一家でも〝白鳥〟どもでもないぞ。リデュースはほれ、またいでおる」

鎖の向うの足跡がゆるい傾斜を登っていくのは、左の道であった。

「あちらは通常路――安全な登山道じゃ。おまえは当然」

Dは馬首を右へ向けた。

冬だが、常緑樹が多いせいで、道の左右は鬱蒼《うっそう》たる森の広がりだ。

遠く滝らしい水音と鳥の声も聞こえた。

木々がのばした枝の間から、朝の光が道に落ちている。

三時間ほどで、海抜三〇〇〇メートルほどまで達した。人間《ひと》の足なら倍はかかりそうな峻険な道だが、Ｄの手綱さばきは絶妙であった。

さすがに木立も枝も白雪の重みに耐えている。

馬が身を震わせた。

声が聞こえたのだ。

遠い。

だが、それはこう告げていた。

よく来たな。おまえたちのことは、すべて見ているぞと。

「狼じゃの」

「人狼だ」

いつもの限りなく冷たく美しい声で、Ｄが応じた。

「この山に出る人狼は、他のと勝手が違うそうじゃ。ひと跳び一〇〇メートル、木立の間に隠れ、木の葉のごとく消滅する。爪は岩を砕き、牙は鉄を咬み裂く。そして、問題は奴らより

『嵐』――気をつけい」

それからすぐ、お？　と洩らした。

前方の木立の間に、蔦《つた》に埋もれた小屋が見えたのである。かなり大きい。猟師や炭焼き用のものだろう。

びゅっ、と風が鳴った。

Dの背から銀光がひとすじ走って、鉄製の矢を二つにした。

かなり低い位置だ。サイボーグ馬を狙ったものだろう。

二本目、三本目を打ち落とした刹那、小屋の内部《なか》から低い呻きが生じた。

窓のひとつに、白木の針が投じられたのである。無論、そこから射って来ると判断した上でだ。

Dは地上にいた。サイボーグ馬の脇腹を叩いて逃れさせ、小屋めがけて走る。馬は木立に紛れた。

身を低くもせず、Dは扉を押した。鍵はかかっていない。

すんなりと開いた隙間から、Dは室内へ入った。

位置と広さからして居間と思しい何もない部屋の窓辺に、女がひとり横たわっていた。左肩から白い針が生えている。

「これは――」

　左手の呆気に取られたような声も道理。苦痛に満ちた表情を必死で憎しみと怒りに変えながらこちらを睨みつけているのは、ミルドレッドだった。

「何だ、おまえ、先に来ていたのか？」

「昨日のお返しに、肝を冷やしてやろうと待ってたのに——でも諦めないわよ。必ず一本射《う》ちこんでやる」

　本気でDに脅しをかけるため、先廻りしていたとみえる。

「こいつに一矢報いれば、お伴になれると思うたか？　いや、いつの世にも女とは度し難い生きものじゃ」

　ヒッヒッヒという高笑いが、ミルドレッドの激情に油を注いだ。

「言ったわね。次はあんたを狙ってやる。手首を斬り落としてから、手の平に一〇〇本も射ちこんでくれる」

「おお、そのときを愉しみにしておるわい」

　鼻先（？）で笑うと、

「どうするかの？」

　Dへの問いである。

　彼は無言でミルドレッドに近づき、身を屈めてから、針の露出部分に手をかけて引き抜いた。

　声をかけぬだしぬけの行為に、ミルドレッドはぎゃっと放って眼を剝いた。

しばらく呼吸《いき》を浅くして苦痛に耐える。声ひとつ上げない。大したものだった。

やっと、荒いが普通の呼吸に戻して、傷口を見つめる。

それから、首を傾げて、

「血がついてない——どういうこと？」

「さっさと家へ帰ったらどうじゃ？　もう懲りたろうが？」

左手は迷惑そうである。

「誰が。針を抜いてくれたことには感謝するけれど、刺したのはそっちなんだからね」

「それはおまえがこっちを狙ったからじゃろうが、ん？」

「うるさい」

ミルドレッドは、そっぽを向いた。キレやすい性格らしい。でなければ猟師などやれまい。

間髪入れず、今度は片手でＤの腰にすがりついて、

「ねえ、連れてってよお。絶対役に立つからあ」

とゆすりはじめた。

「はあ〜〜」

と左手が溜息をつき——ぴたりと熄《や》んだ。

「取り巻いておるな、出現点は不明じゃ。——貴族の創造物か」

「五人」

とDは言った。ミルドレッドも察して、

「何よ、敵？　もう出たの？」

「この辺によく出没するのか？」

「いいえ、滅多におかしなものは出ない。あと二、三〇〇メートル登った地点よ」

「すると、わしら専用かの」

「面白いじゃないの！」

女猟師は両眼をかがやかせた。小柄な全身に闘志がふくれ上がった。傷口を指さして、

「ねえ、何とか痛みを取れない？　あなた、凄い芸当が出来そう。それくらい簡単じゃないの？」

「厚かましい小娘じゃの」

ついに左手が噴き出した。

「どうする？」

Dはうなずいた。

左手が傷口に当てられた。瞬きする間に痛みが消えるのを、ミルドレッドは感じた。

2

「信じらんない――貴族ハンターって、魔法も使うの!? 凄いなあ」

目を見張るミルドレッドの顔に、嘘ではない驚きと感嘆が広がっていった。激しい気性は真っ正直の別名らしかった。

「そこにいろ」

と告げて、Dは外へ出た。

板戸を閉めて、前に立つ人影を見廻す。

五人。靴こそ登山用のアンクル・ブーツだが、服装は平凡な一般人のものだ。ゲルバンダリの町から用があって登って来たのだろう。その用は手にした火薬銃や長剣、弓からして、剣呑なものに違いない。

「あんたを追っかけて来たんだ」

リーダーらしい年配の男が、Dに眼を据えた。力のこもった声だが、言葉はひとつひとつが震えている。

「昨日、町長たちが集まって、あんたたちの登山を食い止めるよう説得することになった。ところが、あんたもギャルストン一家も〝三羽の白鳥〟も、早々に町を出ちまった。で、追っかけて来たってわけさ」

「ほお、あいつらものお」

嗄れ声が五人を凍結させた。彼らの用件を考えれば、精神は緊張の渦のさなかにある。そこへ異形の怪物が躍り出たようなものだ。加えて、

「奴らはどちらの道を行った？」

鋼の声が脳内狂乱に輪をかけた。

「わ、わからねえ。そんなことより——や、山を下りてくれ」

「ほう、何故じゃ？」

嗄れ声はDの左手のあたりから発していた。何も尋ねる気にならず、町民のリーダーは、

「ゲルバンダリの生活は、貴族の廃墟から採れる年一五グラムの〝貴族鉱〟で成り立ってる。この山にもあちこちに貴族の遺跡はある。そのどれかが、〝貴族鉱〟の生産に関わっていないとは断言できんのだ。あんたたちが何かするのは勝手だが、その結果、〝貴族鉱〟に影響が出て、生産がストップでもしたら、ゲルバンダリまでもが廃墟になるしかない。わかるだろう？」

リーダーのいかつい顔を汗の粒が伝わった。それが顎鬚の先まで届いて、小さな珠を作ったとき、

「帰れ」

とDは言った。

数瞬――男たちの武器が陽光にきらめいた。

Dは何も言わなかった。

陽光に照らし出された森の中で対峙《たいじ》するひとりと五人。武器こそ構えているが、雪と緑の中に置かれたその姿は、殺気など欠片《かけら》も孕《はら》んでいない平凡な光景であった。

だが、五人は揃ってよろめいた。全身の筋肉から力が失われ、最後に残った腕も、だらしなく垂れた。

それが、黒衣の若者が放つ鬼気のせいか、美貌のせいか、彼らにもわからないままであった。

「おとなしく帰れ」

左手が、生真面目な口調で言った。

「こいつにそう言われたと伝えれば、誰も文句は言わんはずだ」

まずリーダーがうなずいた。後の四人は機械的に追随《ついずい》しただけであった。

少し離れた木立にサイボーグ馬がつながれている。遠ざかる男たちを見送りもせず、Dは小屋に戻った。

窓辺でミルドレッドが弓と矢を膝に戻したところだった。町民たちを狙い射ちするつもりでいたらしい。

Dを見るや、

「何よ、あれ？」

と夢うつつのようにつぶやいた。

「あんたに見られただけで、五人も尻尾を巻いちゃったわ。もう信じらんない。睨みを利かせるって、これね」

「戻れ」

もう一度言って、Dは背を向けた。

「ちょっと——待って」

ミルドレッドが叫んだ。金切り声と言ってもいい。

それでもDが止まらないので、

「あたし——あんたを雇うわよ！」

「ほお」

と左手が唸った。

「ああ言っておるが——目的と条件を聞こう」

声の前半がD向け、後半がミルドレッドである。

「三〇〇〇メートルから上には貴族の城が建っていて、飼犬や下僕どもがまだうろついている。守って頂戴な」

「残念だが、こいつは護衛《ガード》はやらん。ハンターじゃ」

「なら、あたしが行く先にいる貴族をやっつけてよ。途中に出てきたら、そいつも」

「実に単純な女じゃの——どうだ？」

「前金で一〇〇ダラス——即金だ」

「——というこっちゃ。どうだな？」

と左手。

「そ、そんなお金、持ってないよ。い、家にならあるけど」

「取って来い」

Dは言い放って、ドアを抜けた。

「このどケチ！　吝嗇《りんしょく》野郎！」

悪罵が重さをもってDの背を叩いた。

後ろ手に板戸を閉めると、左手が、

「おやおや」

とつぶやいた。

道が消えている木立の陰から、黒ずくめの姿が三個現れ、こちらへやって来たのである。

〝白鳥〟とは無論、アイロニーだ。現にDへ向かって歩を進める三人の姿は、陽光の下に突如舞い降りた凶鳥《まがどり》のごとく見えた。

「血の臭いがするのお」

左手が言った。

「町の連中を？」

「おお、殺《や》った」

ファザーが小ぶりに頭をゆらし、うなずいてみせた。

「我らに町へ帰れと銃を向けおったからに。山の頂きにそびえる黄金の像か――考えただけで胸が躍る。田舎者どもに邪魔などさせんぞ」

「殺しのために招かれたのではあるまいよ」

「いいや、それも入っておる」

ファザーは意味ありげにかぶりをふった。左右の二人の眼が血光を帯びる。

「おまえも邪魔者の第一候補だ」

と右側の肥満体――エルダーが言った。

「そこで我々は考えた。後をつけるのが得か、この場で片づけるのが先かとな」

としなやかな影――ヤンガーが言った。

「で――決まった」

ファザーの眼も同じ光を湛えた。

「いま――始末する、と」

ざっ、と風を叩いた音は羽搏《はばた》きであった。黒ずくめのケープと見えたものは、翼と化したのである。

〝三羽の白鳥〟は、五メートル上空で三方からDを見下ろした。

「届くか、その剣で我々に？」

ヤンガーの問いは嘲笑であった。

その右翼がはためいた。Dめがけて投擲《とうてき》されたのは、鋭い針をつけた数十枚の羽根であった。針にはすべて火竜をも即死させる毒が塗られていた。

「おお⁉」

と叫んだのは空中の誰であったのか。

Dの背から、ひとすじの光が軌跡を描いた。毒羽根はすべてその線上で弾きとばされたではないか。

「やるなあ」

と拍手を送った奴がいる。兄――エルダーであった。

「弟の針を一本残らず打ち落とすたあ、どえらい戦闘士だな。真っ向勝負をかけたらおれも危ねえ。そこで、おれだけの得意技が登場――するには、まだ早い。念のため、下準備をさせてもらうぜ」

彼は広げたケープ――翼を羽搏かせはじめた。

その喉元を白い針が貫いた。

エルダーは眼を剝き、苦鳴を放った。叫ぼうとしたのかも知れないが、言葉は出て来なかった。代わりに血を吐いた。それは黒土の上で砕け、幾つも紅い染みを作った。

白木の針はヤンガーとファザーも襲った。次男は間一髪で躱《かわ》し、父は左手で受け止め――すぐに放した。手の平は煙を噴いた。

ごお、と空気が叫んだ。エルダーはなお羽搏いていた。吐き続ける血が風を染めた。

「親父は見ていろ」

とヤンガーが叫んだ。そして、Ｄへ、

「おれの毒羽根は打ち落とせても、おれたちの分はどうだ？」

ケープに仕掛けられているのは、猛風の製造装置であったろう。血の色に染まった風は渦のように〝三羽の白鳥〟の周囲を巡り、突如、三すじの奔流と化して、Ｄへと迸《ほとばし》った。

立ち尽くすＤの全身から黒い羽根が生えていた。毒針はついに彼を捉えたのだ。

だが、三人――いや二人は、またも驚愕の声を上げねばならなかった。

Ｄが左手をふり下ろした。毒針はことごとく地を縫った。コートで毒針を防いだのだ。

「おのれ」

歯を剝くヤンガーの右隣りで、悲痛な声が、

「エルダー」

と叫んだ。

ファザーであった。長男は頭から地上に激突した。喉の傷で力尽きたのである。

「よくも——よくも、私の長男を。手塩にかけて育てた宝ものだ。エルダーと同じところへ送ってやる」

身を震わせて叫んだ。

「親父——よせ！」

ヤンガーの制止を、ファザーは無視した。怒りが理性を失わせていた。

彼は一気に上昇に移った。

うわ、と絶叫したのはヤンガーだ。凄まじい空気流の尾が、彼を巻きこんで父の後を追わせたのだ。

五〇メートルまで上昇し、瞬時に下降に移る。空気は眼に見えない。だが、Dとミルドレッドは目撃したかも知れない。ファザーの後に続く巨大な竜を。頭部はファザーだ。その両眼は憎悪の赤光を放っていた。

Dは立ち尽くしている。はためには、為す術もないように見えた。

途方もない衝撃波が大地を陥没させた。間一髪跳びのいたDも片膝をつき、背後の小屋はミニチュアのごとくかしいだ。直撃は免れたにもかかわらずだ。

ファザーは地上二メートルあたりで急上昇をやってのけたのだ。

大地を崩壊させたものは、風圧とジェット気流《ストリーム》の衝撃であった。

「はははは。息子の仇だ。これからが本番だぞ」

ふたたび前と同じ高みで、ファザーは哄笑した。尻尾にあたるべきヤンガーの姿はない。急降下から急上昇に移る過程で、弾きとばされてしまったのだ。

「――Dよ」

と地上を睥睨《へいげい》し、ファザーは眼を剝いた。

Dはいなかった。

いや、いた。

彼の眼前に。

黒いコートの裾を翼のように広げて――巨大な黒い蝙蝠《こうもり》のように。

「き、貴様も――空を⁉」

返事は白光であった。

頭頂から顎先までを華麗に割られ、ファザーは無念の呪詛《じゅそ》も放たず、死した黒鳥のごとく地上へ落ちていった。

音もなく降下したDが近づいたときは、すでにこと切れていた。

Dは何の感慨も示さず、彼らが現れた方へ顔を向けた。

その視線からずれた藪《やぶ》の陰で、ひっと首をすくめたのはヤンガーであった。

父の必殺技「竜の頭《かしら》」のパワーは知り尽くしている。未だかつて敗北したことはない。それが、こんなにもあっさりと。何よりも父を斃《たお》した一刀の凄まじさ。震えも出来ぬ身体の温度だけが落ちていく。死にかかっているのだ、と思った。

幸い、呼吸だけは出来た。

Dが小屋へ戻るとすぐ、

「兄貴と親父を、よくも一太刀で――この仇は必ず取ってやる。野郎、忘れるなよ」

そして彼は藪を抜け、山への道を死人のように寒々と上がっていった。


小屋へ戻ったDを見て、ミルドレッドが立ちすくんだ。

「顔色が――やられたの？」

「毒針を一本な」

左手の平が、こう言うと、黒い羽根を吐き出した。それはミルドレッドの右頬から五ミリと離れていない壁板に突き刺さった。

「羽根が震えてないわ」

ミルドレッドは完全に唸った。声には感動さえ含まれていた。

「町の者は気の毒だったの」

と左手が、あまり同情もしていない声を出した。

「しかし、もっと気の毒なのは、あの黒い白鳥どもだ。山に喚《よ》ばれた挙句が、登りもせんうちに、頂上よりも高いところに行ってしまいよった」

「――ひとり残っている」

Dが言った。ミルドレッドの興奮が一気に醒めた――そんな声音であった。

「招かれたのは、そいつひとりだ」

「下の倅《せがれ》か。ふむ」

「下りろ」

とだけ告げて、Dは立ち止まった。

その頰を光る珠が滑り落ちていった。

目ざとく汗と見抜いて、

「毒が効いてるわよ、ね、横になって」

ミルドレッドが声をかけたが、黒いコート姿は、すぐに小屋を出た。

3

急な山道を垂直距離で五、六〇〇メートルも登ったところで、ヤンガーはひと息ついた。

ケープに仕込んだ飛行器具と体術によって、ほとんど息は切れないものの、二人の肉親を奪われた憎悪が、肉体の変調を促したのである。

だが、あの黒ずくめのハンターの姿と美貌を想起するたびに、毒素で満たされた感情は春の淡雪のように溶け出してしまうのだ。

それが「美」の惹起する不可思議な現象だと、ヤンガーにはわからない。彼は必死に、消えゆく憎しみの炎をあおり立てようと努め、拳を握りしめた。

感情の相剋《そうこく》は、鉄の精神にも異常を生じさせた。四方を囲んだ影たちに気づかなかったのも、そのせいかも知れない。

革の胴衣とズボンを身につけた屈強な男たちであった。

誰何《すいか》するより早く、ヤンガーの四肢は戦闘態勢を整えている。

獣じみた男たちの顔や、露出した皮膚を覆う剛毛を眼にして、

「人狼《ウエアウルフ》か」

と呻いた。

「いるとは知っていたが、こんなに早く遭遇するとはな。何の用だ？」

男たちの大きな口が、にんまりと笑みを刻んだ。その唇の間から白い涎《よだれ》が剣先のような牙からしたたり、剛毛が顔を覆っていく。尖った耳、せり出した鼻面――狼そのものだ。

背後のひとり――一頭が拳をふり上げた。

光るものがその喉を貫いた。男はさらに笑みを深くした。うなじまで抜けたのは、一本の羽根付きの針に過ぎなかったからだ。

だが、彼はすぐに全身を震わせ、少量の吐瀉物と一緒に地面に倒れた。痙攣の凄まじさが、毒物によるものと告げていた。

いや、ひとりではなかった。ヤンガーの左右を囲む男たちもまた、虚空を摑んでのけぞり、生物ではあり得ない形に身をよじって死を迎えたのだ。

ケープを動かしたとも思えない、神がかった攻撃であった。

「おまえらの飼主は誰だ？」

ヤンガーの問いは威丈高《いたけだか》であった。

頭上から降って来た無色透明の網が全身を覆うまで、それは変わらなかった。

ヤンガーは突如として身動きひとつ出来なくなった。網は瞬く間に顔を覆い、四肢に粘りついた。呼吸できるのが不思議であった。

一個の像と化したヤンガーの前に、音もなく舞い降りた影が二つある。毒殺された人狼たちの仲間であった。

殺意の赤光を放つ眼と牙が近づいて来た。

ひとりが足を止め、尖った片耳に手を当てて、

「承知いたしました」

と応じた。

先のひとりが、ヤンガーの眼前で口を開けた。

喉笛を食いちぎられる――寸前、もうひとりがその肩を押さえた。

「呼吸は出来るな」

とそいつが言った。ひどく聞き取りづらい発音であった。狼の発声器官が必死に人語を発しようとしているのだ。

「おまえを始末するのは簡単だが、なぜか御主人に連れて来るよう命じられた」

彼は右手の人さし指を口へ持っていき、鋭い鉤爪《かぎづめ》の先を舐めた。唾に麻酔効果があったに違いない。頬をひと掻きされるや、立ったまま意識が暗黒に包まれた。異様な怯えがヤンガーを捉えた。


夕暮れが近づくにつれて、白いものが舞いはじめた。

「この分では積もりそうじゃな」

嗄れ声が、ミルドレッドに溜息をつかせた。

「高度三二〇〇、酸素は薄くなる一方で雪責めかあ。ねえ、陽が落ち切る前に塒《ねぐら》を捜そうよ」

Dの足は止まらなかった。ミルドレッドなど眼中にないのである。

「ちょっとお――あたし疲れちゃったあ」

なるべく可愛らしい声で哀願したつもりだが、効果などない。黒い影が雪に滲む先まで行った頃、ようやく、

「あたし、塒を捜すからね。後から来たって入れてやんないわよ。べーだ」

と舌を出し、それもたちまち冷え切ったため、大慌てで、左方の岩壁へと走り寄った。

「確かこの辺よ」

白い息にそう告げさせて、一分とたたないうちに、岩肌にぽかりと開いた眼窩《がんか》のような洞窟を見つけて、転がりこんだ。以前、見つけておいた隠れ場所——というより避難場所である。猟師ならほぼ一〇〇メートルを登るごとに、こんな場所を確保するのが原則だ。

高さ四メートル、奥行き一二メートル、幅七メートルほどの岩穴は、ひとりで雨風を凌ぐには十分すぎる広さだった。

雪も払わず、行き止まりの前に積んだ岩塊を崩して、隠してあった布包みを取り出す。乾パンと干し肉、木筒《きづつ》に入った水と固形燃料には、手を出した者がいないようだ。

燃料のキャップを外し、付属の点火針を岩にこすりつけて灼熱させた。

缶に入った燃料は勢いよく青白い炎を上げはじめた。煮炊き用ではない。暖房用だから、みるみる空気は暖まっていく。

幸い吹きこむ風は強くなく、乾パンと干し肉の包みを開けながら、ミルドレッドは、ラッキーと胸の裡《うち》でつぶやいた。

食事を終えたとき、闇が世界を抱いた。

「大丈夫かしらね、あの色男」

ふと湧いた思いに頬が赤く染まった。

「でも、来たって入れてやらないからね」

燃料の熱に加えて、食事のエネルギーが身体を熱くさせた。

かたわらに矢をつがえた半弓を置いて、ミルドレッドは腰を下ろし、すぐに舟を漕ぎはじめた。燃料は十分朝まで保つ。

誰かが名を呼んだ。

ミルドレッドの身体は電光の動きを見せた。片膝立ちで岩窟の出入口に半弓を向けるまで一秒ジャスト。申し分のない戦闘姿勢《ポーズ》は殺気の炎を上げていた。

楕円形の出入口の向うは、すでに雪景色である。誰もいない。何も見えない。

──気のせいか
弓が下りた。

ミルドレッド
出入口の向うに立つ人影が、はっきりと見えた。

「──ザン⁉」

影は、ミルドレッドが片時も忘れたことのない笑みを口もとに浮かべた。

「そうだよ、ミルドレッド──おれだ」

声も同じだ。

「――入って」

ミルドレッドは左手で手招いた。

「弓を下ろしてくれ」

優しく言われて、気がついた。

「ごめんなさい」

従おうとしたが、腕は動かなかった。

「どうしたんだ?」

ザンが眼を細めた。なのに――唇は笑いかけたままだ。

「わからない。手が言うことを聞かなくて」

「よし、おれが下ろしてやろう」

ザンは恋人の前へ来た。

なぜ一歩下がったのか、ミルドレッドにはわからなかった。

「どうした?」

ザンが訊いた。

「いままで何処にいたの?」

ようやく、ミルドレッドは、いまの状況に最もふさわしい問いを放った。

「お城だ。おまえも知っているだろう」

「母さんも一緒？」

「ああ。元気だぞ」

「いままで、何していたの？」

「それは――」

ザンは口ごもった。弓を持つ腕が動かないわけを、ミルドレッドはようやく呑みこんだ。

ザンの手が右腕にかかった。

「冷たい手ね」

「そうかい」

ザンの笑みが深くなった。

「何を泣いているんだ？」

「何も」

「よかった。おれたちに涙なんか要らない」

「そうね」

右手は肘から手首まで感覚を失っていた。

「キスさせておくれ」

とザンが言った。

「ずうっとしたかったんだ。おまえのママも、そうしてやってくれと言っていたよ」

「母さんは——城にいるの？」

「そうとも」

ザンの顔が近づいて来た。氷のようなそれが唇に触れる前に。指が凍え切る前に。

「あたしもキスしたかった」

ミルドレッドの声に、鉄弦《てつげん》が唸る音が重なった。

ザンはぐえっと放って数歩後退した。鳩尾《みぞおち》に刺さった黒い矢は、背中まで抜けていた。

「ミルドレッド……」

絞り出すような声から、娘は顔をそむけた。

「よくやった。でも、心臓は二センチ上だ」

彼は矢を摑んだ。いまや、ザンの眼は血光を放っていた。

足下に放られた鉄矢の響きを、ミルドレッドはぼんやりと聞いた。

立ちすくむその肩を、ザンの手が摑んだ。

「お城でひとつ学んだことがある」

とザンはミルドレッドの耳もとでささやいた。

「キスとは唇にするものじゃないんだよ、ミルドレッド」

「……何処にするの？」

「ここさ」

冷風のごとき吐息が、右の首すじに当たってはね返った。唇と——牙とが触れるまで何秒か。

だが、寸前でザンはのけぞった。

彼は両手を左胸に当てて、あるものを摑んだ。血まみれの刀身を。

摑んだ指をすべて切り落として、刀身は引き抜かれた。

前のめりに倒れるより早く、ザンの身体には変化が生じ、石の上で埃《ほこり》になってとび散った。

よろめくミルドレッドの肩を鉄の指が摑んで支えた。

「——D⁉」

「この状態でも弓は離さず、か——気丈な娘だの」

左手の声である。

ミルドレッドの意識は半ば戻り、半ば失われていた。

眼の前にDの顔がある。

「戻って来たの？」

ミルドレッドは眼を閉じようとしたが、うまくいかなかった。

「言ったでしょ。入れてあげないって——出てって頂戴」

「少し奥に戦いの痕があった。人狼と人間——〝三羽の白鳥〟の生き残りじゃろう」

「それであたしのことが気になって、戻って来たってわけ？　嬉しいわ、とっても——さあ、出て行って頂戴」

涙が伝わるのを、ミルドレッドは感じた。

「出て行け。断っとくけど、泣いてなんかいないよ」

Dは無言で左手の岩壁まで移動し、腰を下ろした。ミルドレッドからは三メートルほど離れていた。雇い主を守る義務が生じたのだ。

「母さんはお城にいるわ」

ミルドレッドがようよう言った。

「あたしの矢が刺さったのに——死ななかったのね。きっともう——永遠に」

「では——城へ行く理由はなくなったの。朝、雪が熄《や》んだら、町へ戻るがいい」

と左手が言った。

「大きなお世話よ。断っとくけど、あんたに母さんは殺させないよ」

「娘の手で殺すか？」

Dである。

ミルドレッドは身体を左へ曲げた。

右手が風を切った。

Dの頬ぎりぎりのところで、新たな鉄の矢は岩壁に突き刺さった。

「ほお」

左手が唸った。

「女猟師か——伊達《だて》ではないな」

Dの声が重なった。

「怒りは取っておけ。城へ着くまでな」

ミルドレッドが、え？　と驚きの声を上げるまで、少しかかった。

「連れて——同行してくれるの？　お金は？」

「町へ下りてから貰おう」

「そうするわ」

ぼんやり応じてから、ひどく小さく、

「ありがとう」

口にした途端に涙が溢れた。声を上げまいとしても、嗚咽《おえつ》は唇を割った。

いつまで続くのかと思ったとき、右頰すれすれの岩壁を、何かが貫いた。

息をのんだ。彼女がDに放った鉄矢であった。

涙はそのまま、哀しみも癒えてはいなかったが、別の感情がそれを押しのけた。

闘志であった。萎《な》えかけていたそれに火を点《つ》けたのは、Dが放った彼女自身の矢であった。

町いちばんの猟師が甦りつつあった。

岩壁に刺さった矢を引き抜いて、矢筒に戻した。

「曲がっておるぞ。捨てぬのか？」

遠い左手の声に、

「真っすぐに射ればいいのよ。貴族相手に勿体ないわ」

第三章　招かれざる者

1

雪は別の一団も襲っていた。

「畜生——何にも見えねえぞ」

「貴族の眼つぶしだ。気をつけろよ、毒入りかも知れん」

「深読みのしすぎだよ、叔父貴《おじき》」

最初の若いのが、小莫迦《こばか》にしたみたいに笑った。

「こんな吹雪の日は、貴族だって城の奥で、真っ赤なお茶《ティー》を飲んでるさ。〝稲妻〟と呼ばれた男も、年齢《とし》がいくとただの臆病者の爺さんかよ」

「シャグ——もう一遍言ってみろ」

叔父貴は顔を拭って言った。笑顔であった。

シャグの薄笑いが消えたのは、岩みたいな顔の中に何を見たためか。

「そこまでにしろや」

と最後尾にいる親父が事態を終息させた。

「仲の悪い野郎どもだ。いいか、今度の仕事は並みじゃねえ。田舎のお尋ね者を後ろから射ってジ・エンドたあいかねえんだ。山を下りるまでは、みな仲のいい家族だと思え。チャドとジェニー——仲違いさせるんじゃねえぞ」

「おお」

「了解」

残る二人が声を合わせた。ギャルストン一家である。

「しかし、野宿もキツイな。岩の陰にでも入るか。捜して来い」

四騎が撥《は》ねとばして走り去った白雪は、残る親父の周囲を激しく巡った。

彼らが登山にかかったのは、Dのすぐ後——〝三羽の白鳥〟たちの先であった。

どちらともぶつからなかったのは、もう片方の道を選んだからだ。ここ三〇〇〇メートル超の地点に達するまで、剣呑な相手と出くわさなかったのは幸運といえた。

白の乱舞には眼を閉じて、親父は「冥府山」に登る前——いや、ゲルバンダリに到着する前から気にかかっていた灰色の凝塊について考えはじめた。

——Dの奴は、おれたちや〝三羽の白鳥〟が招かれたとぬかした。誰に？　何のために、だ。

いくら考えても、この山に呼ばれるような覚えはない
「いい加減なことを、あのハンター野郎が」

山を登る間に何百回も胸中に吐き出した台詞だった。

それは彼が、Dの言葉に真実を見ていることを意味した。そして――

誰が？　何のために？

親父は眼を開いた。接近する気配を感じたのである。

「初対面だな」

一族を呼ぼうかと考え――やめた。沸々と闘志がたぎって来たのである。

それが――一気に冷えた。

すぐに燃え上がった。

ギャルストン一家の頭《かしら》の闘志を燃え上がらせ、凍結し――ふたたび甦らせる。

どのような存在か。

「おれの名はギャルストン親父だ。おまえは？」

彼は前方に問いかけた。

返事はない。

親父は動揺した。気配は殺気のかけらも放出していないのだ。いや、敵意すらない。それなのに、彼は戦いの気に燃えた。それが――凍った。相手は何もしないのに。

数限りない屍山血河《しざんけつが》を乗り越えて来た男にも、理解できない敵がそこにいた。

「リデュース公爵か?」

彼の思いつく最強の敵の名であった。

舞い狂う白い雪の向うから、

「いいや」

と返って来た。

老いたとも若いとも取れる声であった。

「ほお、するとか?」

「〝冥府城〟の主人だ。〝冥府卿〟とでも呼ぶがいい」

親父はすぐに声が出なかった。ようやく応じた声には、予想もしなかった言葉が含まれていた。

「おれたちを招いたのは、おまえか?」

「………」

「おれたちは自分の意志でやって来たつもりだ。黄金の巨人像は金になりそうだからな。それだけだ。誰にも招かれてなどいない」

「おまえには何の記憶もあるまい。当然だ」

と声は言った。

「おまえたちが招かれたのは、おまえたちとは無関係だ。そして、招かれた以上、死ななくてはならん」

「ご城主手ずから殺しに参上とは——礼を言わねばならんかな。それで黄金の像は、おれたちのものだ」

親父は目深に被っていた鍔広帽《つばひろぼう》の縁《へり》に手をかけて持ち上げた。

帽子は風に飛んで、意外に豊かな髪と、広い額が剝き出しになった。

「貴族にも弱味はあるはずだ。おれはそれを衝いて何人も斃《たお》して来た。〝冥府卿〟とやら、おまえの弱点もそいつらと同じか？」

しゃべりながら、親父の右手は馬の右腹に付けた長銃《ライフル》に近づいていた。

前方には白い幕がゆれている。照準のつけようもない。輪郭すら見えないのだ。だが、親父は気配のみに賭けた。

「確かめさせてもらうぞ！」

長銃はすでに抜かれていた。

純白の世界に真紅の牙が挑んだ。牙は六本あった。

六連銃身の長銃から射ち出された鉄の楔《くさび》は、気配の胸もとを貫いた。

雪が渦巻き、声もなく笑った。

「この世界には二つの存在がおる。貴族と人間だ。だが、ひとつの世界に二つの支配者はいらん。どちらが真《まこと》だ、どちらが幻だ？」

「人間よ」

言うなり、親父はサイボーグ馬の脇腹を蹴った。

正しく雪を蹴散らし突進する騎馬の前に、黒い影が湧いた。

「もう楔はあるまい。見えるか、〝冥府卿〟が？」

疾駆と同じ速度で後退しながら、影は挑発した。

「見えん」

と親父は応じた。

「今度はどうだ？」

影は親父もサイボーグ馬をも包んだ。

凄まじい脱力感が親父を捉えた。毛穴という毛穴から力が抜けていく。

否、別のものが。

白い嵐は赤く染まったではないか。

「おれには何も見えん」

と親父は低く呻いた。

「だが、おまえは見ろ！」

その額にある形が浮かび上がった。

それは十文字《クロス》であった。

「貴様は――」

愕然たる声とともに、影は後じさった。空中で人の形を取ったのは、霧の妖術が破れたせいか。

「敵の弱点が額に浮き上がる。一家の中でも、おれだけが身につけた技だ」

と親父は笑った。

「そして、弾丸はまだある」

長銃がもう一度上がった。

六連銃身は空だ。だが、その中心にもうひとつ――七つ目の銃口が開いているではないか。

七本目の楔は見事に人影の左胸を貫いた。

苦鳴が上がった。

影がねじくれつつ退《ひ》いていく。

「どうだ、〝冥府卿〟？　おれが――人間が勝ったぞ」

のけぞりつつ、親父は哄笑した。喉仏さえ見える大笑であった。

吹雪の中でその声を聞いたのは、チャドの耳だった。

「親父だ。なに笑ってやがる？　――ん？」

「どうした?」

叔父貴が訊いた。他の二人も集まって来た。

片手をかざして雪を避けながら、

「声が消えた。急にだ」

チャドは一気にサイボーグ馬を疾走させた。

五〇メートルと走らず、親父は見つかった。サイボーグ馬にまたがったまま、前方を見つめている。戦いに挑むときの堂々たる姿勢だ。長銃は膝の上に乗っている。

「どうした、親父? 何見てる?」

横に並んで、チャドは声をかけた。返事はない。

黒い塊が胸中に湧き上がった。他の連中も辿り着いた。

「親父」

肩に手を乗せてゆすった。

驚愕の叫びが全員の口から洩れた。

親父の全身から血の霧が噴き上がったのだ。

真紅の雪が四人を血に染めた。

「親父の血か!?」

「……最後の血だ」

全員が息を引いた。それは親父の声だったからだ。

「もうおれの血は一滴も残っていない。敵は〝冥府卿〟——城の主人《あるじ》だ」

身体がぐらりと右へ傾いた。

「額に映した弱点は、もう残ってはいまい。おれにもわからんままだ……心臓を楔で射ち抜いておいたが、奴は影だ。効果はいつまでも続くまい。油断するな」

最後のひと言は熱鉄の叫びであった。全員が身を引き締めた瞬間——親父は鞍《くら》から横倒しに落ちた。血を失ってなお、敵の名と戦いの結果を言い遺すとは。

全員が下馬して、脈と瞳孔を調べ、その死を確認した。

大男——チャドが連発銃を灰色の天に向けた。轟《とどろ》きは山肌を渡って白雪を震わせた。彼なりの葬いであった。

じろりと彼らを見て、

「気が済んだか。早いとこ埋葬しろ」

と叔父貴が言った。鎮魂の響きはない。死者を悼む時間《とき》は、もう過ぎ去ったのだ。

「それから、あっちに洞窟があった。早いとこ入らんと、みんな凍死しちまうぞ」

死体の周囲に片膝をついていた影たちは一斉に立ち上がった。同感のようだった。

朝になると雪は熄《や》んだ。

「これでは、もう一日、この中だの」

鬱陶しそうな左手の声に、

「でも明るいわ。静かに待ちましょう」

とミルドレッドが伸びをしながら言った。

「雪がいくら激しくても、夜が明ければ明るくなる——それだけでも、いつか人間は貴族に勝てると思うわ」

「楽観的な女だの。まあ、招かれた客じゃ。雪が熄んでもここで待っていれば、向うが痺《しび》れを切らしてやって来るだろうて」

「とにかく、朝飯にするよ。あたしは干し肉と乾パン持って来てるけど、あんたも——」

言いかけて、気がついた。一緒にいる男が誰なのか。

「ちょっと——腹が減っても、あたしの血を吸おうなんて思わないで頂戴」

「安心せい。登る前にたっぷりと摂《と》っておいたわい」

とやり返してから、急に沈黙し、

「何処かの莫迦が、一発射ちよったわい」

外を見ていたDも小さくうなずいて、

「来るぞ」

何がよ？　——と訊きかけて、ミルドレッドは、地鳴りのような響きに気がついた。

「雪崩《なだれ》――」

「もう間に合わん。奥へ行け」

左手の声と同時に、洞窟は大きくゆれた。

数千トンの雪が上げる怒号は雷《いかずち》のようであった。

吹きこんでいた雪片が吹きとび、雪塊が白魔のごとく押し入って来た。

だが、侵入はすぐに止まった。斜面を滑る雪崩は、垂直な岩壁に穿《うが》たれた洞を直撃しなかったのである。代わりに、埋もれた雪の一部が押しこまれて来たのだ。

ごおごおたる音は熄み、震動も収まった。

「助かった」

ミルドレッドがつぶやいた。

「とはいうものの」

左手の声に合わせるように、Dは出入口に近づき、当の左手を押し当てた。

ミルドレッドは、弓と荷物を手に奥の岩壁に背を押しつけていた。

「まずいな」

と左手が苦い声を出した。

「塞いでいるのは雪ではない。岩の塊だ。これは押しのけるのに手間がかかるぞい。幸い、隙間はある。雪さえ掻き出せば、呼吸は安心じゃ――うぉっ⁉」

Dがふり返ったのだ。電光の速さであった。

奥の岩壁が閉じかけたところだった。ミルドレッドの弓の端が覗き、裂け目に吸いこまれるや、岩は閉じた。

「これは――わしとしたことが、岩が厚すぎたのと、ここ何十年も動いたことがなかったのじゃな」

「おれも気づかなかったが――言い訳は余計だ」

「むむむ」

Dは岩壁の前まで歩き、岩の表面を見つめた。隙間など見えない。山が出来たときから、こうであったろうと思わせた。

「さて、どうするかの」

左手の声は呻きに近かった。

Dは短剣を抜いた。柄《つか》にも鍔《つば》にも刀身にも精緻な彫刻が施された、刃物より芸術品を思わせる品であった。

逆手に握ると、柄頭を眼前の岩に叩きつけた。破片がとび散った。もう一度繰り返し、Dは地面の石片を拾い上げた。

右手の中のそれは、岩ひとつ分の量があった。

ひと握りで石片はつぶれ、砂状に変わった。凄まじい握力であった。

「土の代わりだ――〈地〉」

それから、出入口へ戻って、詰めこまれた雪を左手に掬《すく》い取った。

「〈水〉」

ああ、世界を構成する四大元素――〈地水火風〉を造り出して行う奇蹟の技が、また繰り返されようとしているのであった。

2

誰に引きずりこまれたのか、ここが何処かともわからぬうちに、幾つもの影に囲まれた。

――人間だわ
と意識する前に、凄まじい悪臭がそれを失わせた。

次に気づいたのは、広場ともいうべき開けた場所であった。

ミルドレッドは長方形の石台に乗せられ、両手両足は、荒縄で固定されていた。縄は石台の隅に開いた穴に通されている。弓と荷物は台の下に放り出してあった。

身じろぎしても四肢は動かない。縄の他に――薄れたとはいえ、あの臭いのせいだ。腐敗しつつある有機物――肉の臭気に違いない。

左右を見廻し、ミルドレッドの血は凍った。

無遠慮に彼女を見下ろしているのは、人間とは思えぬ剛毛に覆われたものたちであった。男も女もいる。ミルドレッドが戦慄したのは、そのどれもがボロボロながら自分と同じ人間の衣裳を身につけていることであった。

猛烈な臭気を堪えつつ、

「言葉がわかる?」

と訊いた。

返事はない。

どれもが歓喜の視線をミルドレッドに向けている。欲情ではないことは、表情と口の端からこぼれる涎でわかった。ミルドレッドは餌なのだ。男も女も肋骨《ろっこつ》が剝き出しになり、異常に細い手足の上に、腹ばかりがせり出した胴を乗せていた。彼らも文明の下に生まれて来たのだと思わせるものは、その服装と男たちの何人かが握っている家庭用の肉切り包丁であった。

「本当に言葉がわからないの? ね、返事をして。あたしはミルドレッド。この山へ登ったのは、母親を捜しに来たの。それだけよ」

必死の訴えにも、そいつらの表情は変わらなかった。食材の叫びを聞く料理人はいない。

包丁を手にした男たちが前へ出た。

「やめて!」

包丁がふり上げられた。

「――D」

それに応じるものがあろうとは。

人垣の後ろから現れた人影が、男たちを押しのけ、突きとばして石台に駆け寄り、小さなナイフで縛《いまし》めを切りほどいたのである。

髪と垢は他と同じだが、若い。

ナイフをふるって他の連中を威嚇するや、起き上がったミルドレッドの襟を摑んで引きずり下ろした。

よろめくのも構わず、広場の奥へと走り出す前にミルドレッドは身を屈めて弓と荷物を掬《すく》い取った。

追いすがる連中には容赦なくナイフをふるった。血がとんだ。ミルドレッドと同じ赤い血であった。

「あなた――誰⁉」

ようやく声が出た。

若者は答えず、奥の岩壁の前まで来ると、その表面の一ヶ所に手を当てて押した。

ぐるりと岩壁の一部が回転した。二人が滑りこむと、岩は一回転して穴を塞いだ。

「向うからは開けられないようにした」

若者の滑らかなしゃべりが、ミルドレッドを驚かせた。姿形は同じでも、他の連中とは別人だ。

「あなたは――」

「タド」

「あたしはミルドレッド。仲間を裏切ってもいいの？」

若い顔に凄惨な表情がかすめた。

「もう沢山だ。次はやめさせようと思っていた」

「何を？」

答える代わりに、タドはふり向いた。

噴き上げた悲鳴を抑えようとしたが、うまくいかなかった。

あちこちに白い山がそびえている。すべて人骨であった。

「あなたたち……食人鬼なの？」

ひどく嗄れた自分の声を、ミルドレッドは聞いた。

「そうだ――残念なことだが」

タドは低く応じた。

「旅人と仲間の骨だ。共食いだな」

「冷静に指摘しないでよ。この山にあんたたちみたいな連中がいるなんて知らなかったわ」

「これでも歴史は古いのだ」

「そうでしょうねえ」

白骨の山々を見ながら、ミルドレッドは納得せざるを得なかった。

「でも、よくいままで下の町にバレなかったわね」

「人狼たちに感謝するしかないな」

「ひょっとして、旅人や町民を襲ったのは、彼らじゃなくて、あんたたち？」

「そうだ」

「正直でよろしい――って、何てこと!?」

ミルドレッドの全身が怒りに縁取られた。いまでこそ登山者の減少に合わせて被害もなくなったとはいえ、過去、年に千人近くが犠牲の座に上っていた人狼の惨劇が、こいつらの地道な活動のせいだったとは。

「でも、人間が山に登らなくなって何十年も経つわ。よく生きて来られたわねえ」

「食糧を得る必要はないのだ」

「え？」

「おれたちはエネルギーを摂取しなくても、何とか生きていく分は体内で造り出すことが出来る。黙って暮らすだけなら、人も獣も獲《と》る必要はない」

ミルドレッドは、両眼が限界まで押し広げられるのを感じた。

「まさか、じゃあ、この骨の山は――食べる必要もないのに、食べたっていうの？」

「そうだ」

「じゃ、じゃあ——ただ殺したいだけなの？」

「そうだ」

ミルドレッドは地を蹴った。三メートルも右方に着地したとき、矢をつがえた弓を、引きしぼった弦ごとタドに向けている。

「あんたも仲間よね。死ね」

「待て。助けてやったのは、おれだぞ」

「ひとりで食べるつもりだったんだろ」

「おれにも殺人衝動はある。血の為せる業《わざ》だ。だが、それより強い欲求がおまえを救ったのだ」

「何よ？」

ミルドレッドの矢は微動もしていない。

「おれたちは——おれは何なのか、それが知りたい」

「あたしは知らないわ」

「当り前だ」

タドは吹き出した。

「知っているのは、おれたちを造り出した主人だけだ。おれをそこへ連れて行け」

「ひとりで行けば」

「おれたちは城へ入れん。招かれていないのでな」

「なぜ、そんなことを知りたいの？」

「仲間を見ているうちに、虚しくなった。この洞窟の中をうろつき、気が向くと外へ出て殺戮《さつりく》を行う――それだけの毎日だ。そして傷つかぬ限り、永遠に死ねないんだ」

「退屈ねえ」

ミルドレッドの弓が、徐々に下がっていった。

それが急に上がった。タドの両眼に凄まじい光が宿り、悪鬼に似た表情が貼りついたのだ。

「どうしても知りたいことがある」

ミルドレッドがそれを訊く前に、彼は言い放った。

「なぜ、おれたちみたいなものをこしらえたのか？　そして放り出したのか、だ。あるとき、おれは山を下りて、おまえたちの暮らしを見た。無闇に他の生きものを殺さず、明るく暮らしている。誰もがやることを心得、誰かの役に立っている――同じ生きものなのに、おれたちは何故、それが出来ないんだ？　母親は赤ん坊に乳をやっている。だが、おれたちは衝動ひとつで、生まれて来たばかりの赤ん坊を――」

その右頬をかすめた鉄矢は、遠い岩壁を貫いて止まった。

「そこまでにしときなさい」

低く、憎悪をこめて命じながら、ミルドレッドの頭はせわしなく思考を繰り返し、すぐひとつの結論に達した。

「あたしは招かれてるってわけね。いいわ、連れてってあげる。ただし条件付きよ。あなた、人を食べる以外に取り柄はあるの？」

「あるとも」

「見せてごらんなさい。用心棒にならないとわかったら、この場で射殺してあげる」

「その弓でおれを射ろ」

「え？」

タドは素早く五メートルほど離れて、こちらを向いた。両手を広げ、

「的は全身だ。射ろ」

ミルドレッドのとまどいは、一瞬であった。射ると決めたら容赦はしない猟師の血が燃え上がったのである。

爛々《らんらん》たる殺意を両眼に点《とも》して、弦を引き絞った。

「容赦しないわよ」

タドはうなずいたきりである。

いきなり、放った。

射手と標的との間には、タイミングが生じる。こちらのそれを向うが感知したら、いかに連

射を極めても躱《かわ》されてしまう。ミルドレッドは、それを怖れたのだ。

矢は一秒とかからずタドの喉もとを貫いた――と見えた。

タドが右手をふった。ミルドレッドの足下に放られたのは、確かにいま放った矢であった。

驚きはすぐに消え――闘志が全身に膨れ上がる。

「いいわねえ。なら、これでどう？」

矢筒から抜き取った矢をつがえ――その速度も瞬きほどだが――びゅっと放たれた矢は三本あった。

「無駄だ」

タドは右手をふるや、ふりかぶって投げた。三本の凶器は二本がミルドレッドの右頬を、残りが左頬をかすめて背後の岩壁に突き刺さった。

速度がパワーを生む。

「わかったわ」

ひと呼吸《いき》ついて、ミルドレッドは弓を下げた。

「相棒と認めるわ。城まで一緒に行こう」

「よし。ならここを出るぞ」

「ちょっと待って。他にも一緒に行く人がいるのよ」

「悪いが、おまえ以外の奴と行くつもりはない」

「でも――」

「そいつと行くなら、雪の山を何処までも登らなくちゃならない。おれとなら、楽な通路を通っていける」

少し考え、ミルドレッドはうなずいた。

「わかったわ。案内して」

「よし」

タドは部屋の奥をふり返って歩き出そうとした。

入って来た岩壁が回転したのは、そのときだ。

「――D!?」

ミルドレッドもその叫びも無視して、漆黒の若者は、

「説明しろ」

と言った。

「あたしを助けてくれたのよ。食われるところだったわ」

はっと気づいて、

「そっちにいた奴らは!?」

そこで、もう一度、今度はぞっとした。Dは奴らのいる部屋からやって来たのだった。

「おい――まさか、あいつら全員を……？」

タドの声は、ささやきとしか聞こえなかった。

Dの刀身は背の鞘《さや》に納まっている。何処にも血の一滴もない。雰囲気も尋常である。それなのに、彼が前へ出ると、タドは後じさった。

「城へ行く道を知っているか？」

「あ、ああ」

言い逃れなど出来ない。

「では、行け」

魂まで抜かれたみたいにタドは歩き出した。

前方の岩壁の前に立って、胸あたりの部分を押すと、岩壁はゆっくりと右へ回転しはじめた。

全員それに合わせて、出来た隙間を通過した。

「わお」

ミルドレッドが眼を剝いた。

広大といってもいい空間が一同を迎えた。

遠い岩肌の粗さを見ても、自然の洞窟だ。天井は五、六〇メートルも頭上の闇に溶けて、ミルドレッドの眼にはよく見えない。

二〇メートルほど前方に、これは人の手になる石の階段が上へと伸びていた。真ん中がすり減っていないところを見ると、頻繁に使われてはいなかったらしい。

「ここを上がれば、城へ入れるかの」

いきなりの嗄れ声に、タドがぎょっとこちらをふり向いた。またもDと眼を合わせてしまい、表情も身体もへなへなになった。

「断っとくぞ」

ようよう、という感じで言った。

「山の内側を行くから、外より安全だと思うなよ。おれも三、四回往復しただけだ。それも一〇年以上前で、そのときも五、六回死にかけた。並みの人間には、地獄へ続く道と同じだ」

「あら、そんなところへあたしを連れて行くつもりだったの?」

ミルドレッドが異議を唱え、とまどうタドへ、嗄れ声が、

「——手はある、ということだな。よいよい。では案内してもらおう」

「行け」

とDが言った。

山登りには違いないが、こちらは山の内側《なか》である。遙かに安易で安全だ。だが、そこに待つものの正体を、誰も知らなかった。タドすらも。

それでも行く他はない。タドを先頭に一同は階段の方へ歩き出した。

3

五〇〇〇メートルを越えると、呼吸はますます困難を極めて来た。吹雪が熄《や》んだのがせめてもだった。

何とかサイボーグ馬を操って来たが、そろそろ限界だ。

頭上にかがやく太陽を憎らしげに見上げながら、

「あの光で焼け死ぬか、吹雪で凍え死ぬかと思ったけれど、まだわからないわね」

若い女の声――ジェニーであった。

〝親父〟の死体を埋葬し終えたら、夜は明けかかっていた。

洞窟で短い夜を明かし終えた頃、雪は熄んだ。だが、山の天候は信じ難い。

「早いところ、登れるところまで行くわよ」

ジェニーは自然と〝親父〟の代わりを務めていた。異議を申し立てる奴はいない。〝叔父貴〟ですら黙って認めたようだ。

「おお」

とうなずく男たちへ、

「前後左右に用心して。親父を殺した相手とその仲間が見張ってる怖れがあるわ」

森を出るとすぐ、光が一行を包んだ。

蒼穹《そうきゅう》は凛然と彼らを拒むように青い。雲ひとつなかった。

「年寄りにはこたえるのお」

ジェニーのすぐ後ろで〝叔父貴〟が大声を出した。空へ向けた眼を手元に戻す。左手のカードは扇形に広げられていた。

「キツければ、いまから戻って」

ジェニーは容赦ない声で告げた。

「おお。そうしたくなって来たわ」

男たちが顔を見合わせた。

シャグがホルスターの火薬銃の銃把《グリップ》を握っていた手を離しながら、

「戻るんなら、武器と食糧は置いていきな。裸で行くんだな」

「それが実の叔父に言う言葉か」

吐き捨てた声とは別に、眼は手元のカードに注がれていた。

「下山は中止だ。気をつけろ。敵が迫ってるぞ」

残る三人の間を緊張の稲妻が走るや、たちまち三方へ馬首を巡らせた。

仲は悪いが、このごま塩頭のカード占いが外れた例《ためし》はない。

「数は？」

とジェニーが訊いた。

「ざっと三〇」

「方角は？」

「上だ」

全員の眼が岩盤を仰ぎ見た。

雪の上を人形の影が、右へ左へ跳ね下りて来る。鼻面が長く、耳が異様に尖っている。シャツと短パンから出た手足の関節も人間《ひと》の曲がり方ではなかった。

「人狼だぜ。面白え」

チャドが髯面を笑いで歪めた。鞍の横につけた長銃用ホルスターから、火薬長銃を抜く。銃身は横二連。

「みんな、手え出すな。最初の連中はおれに任せろ」

軽々と雪まみれの岩場を跳躍して来る人狼たちへ向けての二発は、狙いもつけぬ無雑作としか言いようがなかった。

銃身が跳ね上がり、一六発の鹿弾《バック・ショット》が殺意満々――銃口から噴き出す。

距離と敵の散開ぶりからして、命中するのはせいぜい二発――と思われた。

ぼぼぼぼっ！と血の霧を噴き上げたのは、一六匹の変身獣であった。

「へーっへっへっへ――ざっとこんなもんだぜ。弾丸《ブリット》はおまえら用の銀製《シルバー》だ。二度と復活は出来やしねえ。おれの〝妖術射撃〟——あの世で凄えと吹聴しな」

一六発で一六人を斃《たお》したのは、この射撃術か。視界に入った標的は、何処にいようと弾の数だけ射ち殺す。例外はあり得ない。

哄笑放言する間に、彼は銃身を折って空薬莢《からやっきょう》を排出し、そして、人狼たちは怖れもせずに迫って来る。仲間の死は恐怖の歯止めにならないのだ。

「ほお、生きがいいな」

と唇を歪めたのはシャグである。

「後は任しとけよ、兄貴」

両手は腰の火薬銃を離れ、指を曲げ伸ばししている。これから起きることが愉しくて堪らないかのように。

敵の背後には雪の壁がそびえている。そこへ眼をやって、

「シャグ——やめておき」

と命じたのはジェニーであった。

「ど、どうしてだ？」

「後ろは雪山よ。あんたの念力攻撃を浴びたら、あたしたちも巻きこむ大雪崩が起きるわ——叔父さん、何とかなるわね？」

問いではなく、念押し恫喝《どうかつ》に近い口調であった。

〝叔父貴〟はうなずいた。すでに両眼は閉じている。唇が震えた。いや、いま覗きこんだ者がいれば、彼が何やら呪文のごとくつぶやいていると気づいたことだろう。

「出ない目も、おれなら出せる。カードの告げる運命も変えられる。百度《ひゃくたび》変われ、百度祈れ」

生き残った人狼の先頭が宙に舞った。剝き出しの牙と鉤のような爪が陽光にきらめいた。

〝叔父貴〟は扇状に開いたカードの一枚を抜いた。ジョーカーを。

かっと見開いた瞳がそれを映し、彼はカードを空中へ放った。

ジョーカーは籠《かご》いっぱいの小髑髏《どくろ》の中に片手を突っこんでいた。

空中でその手が動くのを、先頭の人狼たちは目撃したかも知れないが、飛び散る髑髏までは見られなかったろう。

人狼は一斉に喉を押さえてのけぞった。地上へ落ちるまで引いた血の筋は、岩場に激突するや、泥はねのように広がった。彼らの喉は裂けていた。食い裂かれたのである。犯人を捜そうとしても無駄だ。全員、血潮の中に溶けている――髑髏の絵が。

馬上のシャグが、つくづく――という眼つきで白髪の〝叔父貴〟を眺め、しみじみと、

「気に入らねえ男だが、皆殺しのカード殺法――いや、大したもんだ」

二〇頭近い人獣を瞬く間に殺戮した技には相応の讃辞であろう。だが、それが使い手にはどれほどの負担をかけるものなのか、馬上の〝叔父貴〟は大きく前へのめって、サイボーグ馬の

首にもたれかかっているではないか。眼の下の隈も頬骨を露わにした顔も、紙のような肌も、瀕死か臨終の仮死者のごとくに見えた。

「Dや白鳥どもが何処まで進んでいるかわからない以上、休んじゃいられないわ。チャド――叔父さんの馬を引いておやり」

「おお」

と大柄な騎手と馬が歩き出すのを見て、サイボーグ馬の脇腹を蹴ったとき、地面が揺れた。

ずうん、という音はもはや振動であった。

道が曲がる山肌の陰から、奇怪な影が現われたのである。

形としては――小屋を乗せた馬だ。

一〇メートル超の四足体は、象のように太い足を除けば、長い首といい顔といい、確かに馬のものであった。

ただ――背中に乗せた半楕円の天幕《テント》と、陽光を撥ね返す金属の肌が、生物にあらずと告げている。

あのゲルバンダリの夜、酒場の前を通り過ぎていったのはこいつだ。あの足跡を残したのもこいつだ。

「どいつの乗り物か、よくわからんが、おれの出番だな」

シャグが手綱を揺らせて、サイボーグ馬を前進させた。ジェニーも止めなかった。

まず見えたのは、若い——青年の顔であった。

——貴族の従者ね
と浮かんだ。青白い肌の中に、赤みがかった光を放つ瞳が埋めこまれている。牙は——見えなかった。左右はわからないが、広々とした空間なのは間違いない。天井は高く、それ自体が光を放っている。

「気がついたか」

彼は心配そうに訊いた。一家の者以外からでは、二〇年ぶりの言葉であった。

「あ、答えなくていいよ。身体はばらばらになる寸前だ。ゆっくりと、無理のない呼吸をして。おっと、動かない」

大丈夫よ、とジェニーは言いたかった。動きたくても、身体はぴくりともしない。指先まで、彼女の意思に反抗中であった。それはいつまでも続くだろう。ジェニーが死ぬまでは。

「あんたは、三〇メートルも垂直に落ちて来た。ここは岩場だ。普通ならぺしゃんこだが、途中で木に引っかかったようだ。あんたの生命の恩人は、馬と一緒におっこちちまったけどな」

さして悼《いた》ましくもない口ぶりである。

「知りたいことから教えてやるよ。あんたには、おれの御主人用の蘇生薬を注射してある。その状態で良ければ、あと二、三時間は保《も》つだろう。その後は、あんた次第だ。おれの名はシジヨン——ある戦闘士の息子さ。いまはリデュース公爵さまの下僕が仕事だ。公爵さまは——」

彼はふり向いた。

少し間を置いて、その肩越しに、これは間違えようもない貴族の骨相に肉面を貼りつけた顔が、音もなくジェニーを見下ろした。

「名は何と言う?」

錆《さび》を含んだ声が尋ね、すぐにジェニーの喉元に毛むくじゃらの指が当てられた。

途端にジェニーは会話が可能になったのを知った。

「ジェニーよ。ジェニー・ギャルストン。山から落ちたのは、多分、あなたのお馬さんのせい」

こんな言い方が出来たのは、対貴族戦をくぐり抜けて来たキャリアゆえだが、もう長くないという意識もあった。身体中の神経がやられていては、まず助からない。貴族の医学ならイケるだろうが、敵に塩を送られるなんて真っ平だし、向うもそんな気はあるまい。

「うるさい虫ケラどもがついて来るのはわかっていた。何処かで叩きつぶさねばと思っていたところよ。おまえを助けたのは、シジョンが願ったからだ」

「あら——礼を言わなくちゃね。それより、あたしの仲間はどうなったの?」

「このわしとしたことが、虫ケラどもの力を見くびったようだ。みな遁走《とんそう》しおったわ」

ジェニーは、にんまりと笑った。

「抜かったわね。これであんたもいつか滅ぼされるわよ」

「口のへらぬ虫ケラだの」

公爵の双眸《そうぼう》が血光を放った。

いまなら舌を嚙める、と思った。貴族なんぞに血を吸われるのは死んでもご免だった。

「お待ち下さい、公爵」

シジョンであった。

「この女――私めに払い下げくださるお約束でございます」

「わかっておる。二言《にごん》はない。好きにするがよい。だが、わしに歯向かわせることはならぬぞ」

「この山よりも重く承知しております」

「よかろう」

公爵の顔が遠ざかった。最初から関心などなかったという動きであった。その言葉どおり、貴族にとって人間など飢えを満たすだけの虫ケラにすぎないのだ。

代わって覗きこむシジョンへ、

「さて、あたしはどうしたらいいのかしら？」

とジェニーは嗄れ声で訊いた。

第四章　冷宮殿の刺客

1

「このまま薬の注射をやめれば、あんたは死ぬ。生きたいかい？」

「出来れば、ね」

「なら、おれの指示に従ってもらおう。まず、公爵さまに二度と牙を剝かないこと」

立てた指を折るシジョンへ、

「――それから？」

「おれと結婚すること」

「――けっこん？」

と返したのは、数秒経ってからである。意識が遠のいたからだ。それが――返した途端にまた遠のいた。

何とか戻ったとき、心配そうなシジョンの顔が眼に入った。

「あたしが、あなたの女房に？」

笑いとばさず訊けたのは、そのせいかも知れない。シジョンはうなずいた。

「そうだ。他に手はないよ」

「他の女にもそう申しこんだの？」

「山へ登る前に三人ほどな」

「正直な男ね――で？」

「三人とも死んだ」

「あーら。みんなえらかったわね」

「あんたも同じか」

シジョンは悲しげに眼を閉じた。

「どうして、そんなにおれを嫌うんだ。おれはただ女房が欲しいだけなんだ」

「だから嫌われるのよ。普通の人間が貴族の下働きになりたがるわけないでしょ」

「おれが貴族に使われてる下っ端だと言うのか？」

「貴族を様づけで呼んでて、対等だとでも言うつもり？」

「おれは――端くれでも貴族だ」

怒りの叫びとともに、シジョンは拳を股《もも》に叩きつけた。

「貴族に血を吸われたから？　向うは生まれながらの貴族なのよ。吸われてなった奴はただの成り上がりよ」

「それでも同じだ。どんなに大きな傷を負っても、その場で治ってしまう。暗闇でも眼が見える。垂直の壁でも平気で昇れる。一〇〇メートルを五秒台で走れる。何よりも——見ろ」

ジェニーの顔前に、銀製のポットが浮かんだ。〈辺境〉の人間ならひと眼で溜息をつきたくなるような、精緻な彫刻を施した品であった。

シジョンはその胴部分を無雑作に握りしめた。

さして力を入れた風にも見えないのに、それは紙細工のように変形してつぶれた。指の位置が変わるたびに、それは形を失い、指が開かれると、小さな銀塊と化してジェニーの視界から消えた。

「力持ちね」

ジェニーの声に怯えのないことが、若者の表情を苛立たせた。貴族の怪力は全人類が知悉《ちしつ》していることだ。いまさら驚くまでもない。

「もうひとつあるわ」

とジェニーは皮肉っぽい声で言った。

「飲み食いする必要がない」

じん、と空気が凍った。

「――血を飲む以外はね」

「やめろ！」

シジョンは片手を喉に当てて叫んだ。そこが吸血の場所なのだ。犠牲者が永劫に忘れないと言われる場所だ。

「疼《うず》くのね、そこが。あんたが人間だと思い出すための場所よ。そうなる限り、あんたは人間でも貴族でもないって思い知らされるのよ」

激怒が暴力という形で襲いかかって来るかと思ったが、シジョンは声を荒らげもせず、ジェニーの視界から消えた。

「あんたの言うとおりだ。けど、それをどうこう言っても始まらない。おれはあんたに結婚を申しこんだ。それがどういうことかは、いまさら言わんでもわかるだろう。最後に訊く。このままひ弱い人間として死ぬか、永遠の生命を保証された貴族の仲間になって、おれと生きるか
――どっちかを選べ」

それはジェニーが聞いたこともない、凛たる男の声であった。

タドは足を止めた。

岩の中の道をDとミルドレッドを連れて歩き出してから、一時間ほどが経っていた。

「どうしたの？」

ミルドレッドの問いは苦しげであった。酸素が薄いのだ。

「何度か通ったはずなんだが――迷ったらしい」

タドは二人の方を見ずに言った。

「ふむ、確かに」

嗄れ声の口ぶりには、とっくに知ってたぞという侮《あざけ》りが含まれていた。

「空間がひどく歪んでおるわ。これは迷路だの。このまま幾ら歩いても目的地には着かん。

堂々巡りの挙句、気がついたら死んでおる」

品のない哄笑が続いたが、反応がないのですぐに熄《や》んだ。

「どうするのよ？　戻れる？」

タドはかぶりをふった。

「わからん。聞いたことはあるんだが、入りこんだのははじめてだ」

「逃げ道は――ま、捜せばいいわよね」

ミルドレッドは若干心細そうな声を出したが、力は失われていなかった。獲物を追って道に
迷うなど日常茶飯事だ。

「のんびりとしてもいられまい」

と嗄れ声が言った。

「どれ、ひとつ試してみようかの」

Dがコートのポケットから何かを取り出して、仰向けた左手の平の上に持って来た。

流れ落ちた筋は土であった。それが小さな口に吸いこまれるのを見て、残る二人は眼を丸くした。

土が切れても、奇妙な補給は終わらなかった。Dの片頬がかすかに震え、手の平を覗きこんだその唇の間から、今度は真紅の筋がしたたり落ちたのだ。

「血だ」

タドが呻いた。声には驚きと——渇望が含まれていた。

Dはすぐ顔を上げ、唇の血をひと舐めすると、左手を頭上に掲げた。

ごお、と空気がざわめいた。風となったそれを吸いこんだ小さな口の奥で、青白い光が生じた。

「火だわ」

とミルドレッドが言った。

「分教場で習った。この世界を成立させる四大元素——地水火風《ちすいかふう》。土塊《つちくれ》と血と炎と、それを興《おこ》す空気の流れ。Dよ、あなたは誰から生まれたの?」

「完了じゃ」

左手が告げた。

Dはさらに前へ出て、左手の平を前方へ向けた。両眼を閉じた顔は、美しい聖者のように見えた。

「よし、じゃ」

手の平の前方の光景が歪むのを、二人は見た。

岩壁が天井が道が原形を失い、別の形を取っていく。

「新しい道《ルート》だ」

タドが呆然とつぶやいた。

「脱出できるぞ——凄え⁉」

その声をびゅっと貫いたものがある。

ミルドレッドの腰に巻きついたそれは、一本の鞭《むち》に見えた。いや——舌だ⁉　Dが気づかなかったのは、左手の儀式に彼の一心も集中していたせいだろう。

「きゃあ」

ミルドレッドの悲鳴は、迷路の奥に吸いこまれた。

白光がそれを追った。

白木の針が吸いこまれた道の奥で、確かに獣の絶叫が跳ね返った。

「ここにいろ」

タドに告げて、Dは走り出した。

「あいつは——何だ⁉」

タドの問いは、黒衣の姿が闇に同化した後で聞こえた。

二〇〇メートルほど走ると、広場に出た。

中央に石の台が置かれ、ミルドレッドはそこに横たわっていた。ロープか革紐《かわひも》で縛られたその周囲に、奇怪な生物が蠢いていた。ナマコのような全身と四肢のあちこちが呼吸のため膨縮し、体液で濡れ光る皮膚の表面が、それもところどころ燐光《りんこう》を放っている。最も不気味なのは、ぶよつく胴から突き出した二本の腕であった。

人間のものだ。

通路の途中から青白い血痕が点々と石台まで続いているのに、Dは無論気づいていた。

白木の針を二本突き立てたものは、仲間たちから離れて石壁に身をもたせかけていた。

「聞こえるか?」

と言ったのはDである。

一同がざわめいた。得体の知れぬどよめきは、すぐに聞き覚えのあるものに変わった。

「おお。わしらを見て逃げぬ者が現われたぞ」

「何という美しい男だ」

「名を」

「名を」

「名を」

「D」

「この城の者が迷路に入るとは思えん。この娘と同じ猟師か、旅人か？」

「どちらかというと、前の方じゃ」

またどよめきが渦巻いた。言うまでもなく声が変わったせいだ。

「おまえらの狙いはその娘か？　他の誰でもいいのか？」

「誰でも同じじよ。ただし、肉を食らいたいわけではない」

「するとあれか？　殺したいだけかの？」

「そうだ」

ぶよつくナマコの一部に眼球が浮いた。それは明らかに狂っていた。飢えではなく、殺戮に。

Dが前へ出た。一刀はすでに右手にあった。

「この身体になってみるとよくわかる。お前は途方もない猟師だな」

と一匹が言った。

「おれたちは、これからおまえを襲う。だが、到底勝てるとは思えない。ここで全滅するだろう。それはよしとして、おまえに頼みがある。聞いてくれるか？」

Dはうなずいた。

「おお、感謝するぞ。頼みというのはな、おれたちの仇を討って欲しいのだ。この城の城主を殺してくれ」

「いつのことだか忘れたが、おれたちは普通の人間だった。それが、城主のせいで、こんな姿に変えられてしまったのだ」

と別の一匹が言った。後は口々に、

「永遠に生きる生命と引き換えだ、姿形など惜しくはあるまい、と奴は笑いやがった」

「おれたちには、妻も子もいたのだ」

「おお、おれは町へ下りて会いに行ったぞ。ひとめでもと思ってな。だが、窓から覗いているところを近所の奴に見つかり、町中で追われた。ああ、その中には息子もいたのだ」

「何のために、おれたちをこんな目に遇わせたのかとおれは訊いた。城主は笑いながら答えた。〈神祖〉のご命令だ。その聖なる目的達成の一環に加えられたことを誇りに思うがいい、と」

「挙句が、城のゴミ捨て場から、この洞窟に放り出されてしまった。おれたちは何だ？　ゴミ以下の存在か？　それならそれでも構わん。だが、おれたちは殺人狂だった。おれは二千と三〇〇年前に変えられ、ここで五〇〇人近い旅人を殺した。ああ、何という酷《ひど》いことを——殺す前も殺した後も、おれは我が身を灼《や》くような後悔と自己憎悪の念に駆られた。だが、しばらくすると、城主に変えられた血が疼きはじめるのだ。誰でも見境なく殺したいと」

「みな同じだ。殺したくないのに殺してしまい、悔悟に泣き叫ぶ。不老不死の生命を得るとは、殺人鬼の魂もともに受け入れることなのか」

「頼む」

響きにはあった。

と声を合わせた。何と不気味な合唱か。だが、それをそうとは思わせぬ悲しみと絶望がその
「城主を殺してくれ。おれたちの仇を取ってくれ。そして、すべてを燃やし尽くしてくれ」

合唱は天井高く噴き上がって、炎のように広がった。その下で――

「承知した」

と応じる氷の声が聞こえた。

「おお！」

「感謝するぞ！」

「娘を放せ！」

ミルドレッドは解放された。

「そこにいろ」

一匹が叫び、

「生命は貰ったあ」

ぶよつく肉塊どもはDへと殺到した。

武器は鞭のように長くしなる舌であった。

そのことごとくが白刃に切断され、返す刀身に急所を貫かれて全部が動かなくなるまで、五秒とかからなかった。

静寂と死があらゆる動きに静止を命じた空間で、やがて、かすかなすすり泣きが聞こえた。ミルドレッドであった。

「可哀相に――この人たち」

白い拳が口に当たると、震える歯が肉を破り、血をしたたらせた。

「可哀相に――いま死ななかったら、これからもずうっと――人を殺すためだけに生きていたのね？　誰がそんな運命を許したの？」

「城主だ」

声はＤの背後からした。タドが立っていた。Ｄの指示に従わず追って来たらしい。

「あいつだ。〝冥府卿〟――おれたちも同じだった」

怒りの暴発を抑えるかのように、彼は自分を抱いた。震える指がおびただしい軟死体を示し、絶叫した。

「Ｄよ――そいつらの願いを叶えてやってくれ」

2

「おかしいわね」

ミルドレッドがこう口にしたのは、かなりの急傾斜を登っている最中であった。誰も反応し

ないので、

「もう高さは七〇〇〇メートル近いはずよ。なのに、息は切れるけど、呼吸自体は苦しくない。酸素がたっぷりなのよ。タド――どうして？」

「わからない」

ぶっきら棒な言い方は、ミルドレッドの表情を曇らせた。

「じきに出会うことになる。人間どもにな」

嗄れ声は、娘の昏迷《こんめい》を深くした。

「どういうこと？」

「酸素を必要とする人間がいるということじゃ。それもひとりや二人ではないぞ」

「こんな山の上に？」

「山の上だが――城の底じゃ」

「やめろ！」

タドが叫んだ。身を震わせている。激情の素《もと》は何処かとミルドレッドは頭を巡らせたが、答えは出なかった。

「何があろうと、進めばわかる。下らん話はしないでくれ」

大股に歩き出した後ろ姿を見送りながら、ミルドレッドが、

「――キツそうね。何があったんだろ」

「もともと人間だった者が、貴族の手によって別の存在に変えられた。それも忌むべきものにな。あ奴、他にも色々と知っているぞ」

「辛いことを、な」

Dのひと言が、ミルドレッドの驚きの視線を向けさせた。悲痛なものが感じられたからだ——が、間違いだったかも知れない。

——この山には、悲しみと絶望と死ばかりが宿っている。みな、それに惹《ひ》かれて行くのかしら？


「来ましたな」

何もない空中に眼を据えていた総髪の若者が、切り捨てるような口調で言い放った。

豪奢《ごうしゃ》な広間であった。千人がダンスを踊っても賄えそうな床も天井も壁も、精緻な彫刻や彫像で埋もれ、それ自体が光を放っているのだった。

声をかけられた相手は、これも豪奢なベッドに横たわっていた。

髪も顔色も青白い。右方に置かれた電子治療機が、左胸の上に円盤型《ソーサー》の治療ディスクを当てている。

「映像は出ぬのか？」

と横たわる男が訊いた。

「残念ながら。地下に備えつけたレコーダーもレーダーもすべて作動不能です。逆に言えば、それでやって来る場所だけは判明いたしました」

「この城の探知装置をすべて無効とするか。一体、何者だ？」

「恐らくは、Dと申す敵であろうかと。似たような話を耳にした覚えがございます」

「D――か。美しい男だと聞いている」

「美しさが強さと比例する唯一の例だとも」

「斃《たお》せるか、サージュよ？」

「それはご安心下さい。私と紅姫《べにひめ》がおりまする」

若者――サージュは、絢爛《けんらん》たる葡萄酒《ワイン》色の鎧《よろい》の上で笑った。

「紅姫か――おまえはともかく、あの女だけは眼醒めさせたくなかった」

「やむを得ません。いかなる手練《てだ》れが万人いても私たちは必要ありませんが、ただDと呼ばれる男がいては」

「わかっておる。だが、他の連中もやるぞ」

「それは――我が冥府卿が手傷を負う相手ですからな」

「だが、斃した」

青い男――冥府卿は激しく上体を起こした。

「わしは奴を斃した。わしの勝ちだ」

「わかっておりますとも」

若者は微笑した。何処か侮蔑を含んでいると、卿は気づいたか。

「しかし、卿よ。今回何故《なにゆえ》、かように埒《らち》もない登山者が多いのですか?」

訝しげな表情に、卿はいつ出そうかと悩んでいた邪悪な笑みを見せた。

「知りたいか?」

「この日のために眼醒めさせられた身としては」

「教えてやろう。Dも来ていることだ。紅姫も呼べ」

サージュは何もしなかった。ただ、奥の——というより彼方の扉へ顔を向けた。

卿の言葉がキイワードでもあったかのように、青銅の錆を吹いた厚板は、きしみ音をふり撒きながら左右に開いていった。

真紅の女が立っていた。

ドレスも髪も真紅に燃え、何より際立っているのは、双眸《そうぼう》であった。間違いなく同じ色を点《とも》しているのであろう。だが、それは分厚い黒のレンズを嵌《は》めた奇妙な眼鏡で覆われているのだった。恐らくは、この女が生まれた瞬間から——未来を知る者によって。

「紅姫よ」

冥府卿の声は愛しさと、おぞましさから出来ていた。

真紅の女はこう応じた。

「眼をお返し下さいませ」

卿と――サージュも沈黙した。

「ならぬ」

と卿が告げたのは、少し経ってからである。

「おまえの眼が光を取り戻すのは、わしが必要としたときのみだ。でなければ――」

「世界の破滅――でございますか？」

紅姫の口調が明らかな嘲《あざけ》りに変わった。

「それこそ、生まれ落ちた瞬間から、私はその言葉を聞かされ、それ故に暗黒に閉ざされる運命を甘受して参りました。それならそれで構わないと思ってもおりました。それが――」

「それが？」

サージュが訝しげに訊《い》いた。彼は途方もない不安を覚えたのだ。

「私はそれを眼にしなくてはなりませぬ。存在しない網膜に灼きつけ、水晶体に刻みこまねばならないのです」

「何を？」

サージュである。

「わかりませぬ。ただ、そうしなくてはならぬことだけはわかります。ああ、お父上、この眼を返して下さいませ」

「やめい！」

冥府卿は鋭く命じた。

「おまえの眼を戻すのは、今回の用を終えてからだ。サージュと力を合わせ、地下からやって来る者を壊滅せよ」

「それが済めば、眼を返していただけますな？」

「約束しよう」

卿は苦々しく重々しく告げた。

「それでは、私は見えぬ眼で敵を斃しましょう。私を見ることの出来る者たちなら、男でも女でも生かしてはおきませぬ」

「それでこそ我が娘よ」

冥府卿は笑おうとしたが、笑顔は作れなかった。彼は左胸の傷痕を押さえ、二度呼吸を整えてから、聞くがいい、と言った。

「いま、山を登って来る奴らは、彼らの意思によってここへ来る——と思っているだろうが、実は違う。奴らは招かれたのだ」

「——父上が？」

サージュが眼を細くした。

「そうだ」

冥府卿はうなずいた。

「何故に？」

「――わからぬ」

サージュばかりか、紅姫までが、は？　という顔つきになった。

「どういうことでしょう？」

とサージュ。

「わしは奴らを招いた。だが、何故かどうやってか、となると見当もつかん」

「彼らは知っているのですか？」

「不明だ」

あっさりと言って、

「ただひとつわかっているのは――憎しみだ」

「………」

「先刻――奴らのひとりを斃したときもそうだ。わしにはそんな気はなかった。だが、突然、ここで窓の外を眺めているうちに、猛烈な憎悪が湧き上がって来た。それはあらゆる血管を辿ってわしの全身を巡り、この脳をたぎらせ、全神経細胞に、彼奴《きゃつ》を討つよう命じたのだ」

卿は拳をふり上げ、膝に叩きつけた。

「だが、それはわしの憎しみではない。わしは人間ごときに何も感じておらん。怒りも憎しみも無縁の感情だ。なのに、何故――そうだ、この憎しみはわしのものではないのだ！」

彼はベッドの一点に手を触れた。それはたちまち変形し、車椅子に変わった。

「ひとり押さえてあったな――行くぞ」


三人がやって来たのは、地下の牢獄であった。大宇宙の果てまでも征服した超科学の主は、残忍さの表現に古風な品々を求めた。彼らを迎えたのは、暗く湿った石造りの部屋であった。光は石龕《せきがん》に点された蠟燭《ろうそく》のみ。石も床も、見上げても闇に包まれたきりの天井も、うっすらと湿っている。

壁から突き出た横木や天井から垂れた鎖とその先の鉄輪、石の寝台には生血がこびりつき、遠くで炎が燃えている。

音もなく、影もなく、三人はどれくらい離れているかも測定不能な場所で足を止めた。

前方三メートルほどのところで、真っ赤な人間がひとり大の字を描いている。鉄枷《てつかせ》付きの鎖で吊るされた全裸の男であった。赤いのは――全身血にまみれているからだ。

三人が前に立ち、

「おまえを捕えよと命じたのは、わしらしい。おまえは何者だ？」

と卿が訊いた。

ぐったりと首を垂れていた男の全身に力が漲《みなぎ》った。きり、と眼を三人に据えて、

「〝三羽の白鳥〟のひとり――ヤンガーだ」

しっかりと名乗った。声は死んではいない。指は落とされ、歯も抜かれているのに、闘志と叛骨《はんこつ》は無惨な顔の代役を見事に果たしていた。

「おれを捕えた男がおれを知らないとは、どういう意味だ？」

「わしは冥府卿。こちらは倅《せがれ》のサージュと娘の紅姫だ。拷問《ごうもん》用のアンドロイドの責めにも屈さぬとは大した奴。その気魄《きはく》に免じて答えよう。だが、そのためには、まずわしの問いに答えねばならぬ」

「――言ってみろ」

「おまえたちは何故、この山に登った？」

「山頂に黄金の像とやらがあるそうだな」

「やはり、それか。だが、本当にそれだけか？」

「親父は――招かれていると言っていたぞ」

三人の貴族は顔を見合わせた。

「誰にだ？」

訊いたのはサージュであった。

「知らん。おれも兄貴もそんな気は一切なかった」

「ふむ――ついでだな。それで生命を落とすとは気の毒に」

「なら、この鎖を解け。おまえたちを皆殺しにして、黄金の像は貰っていく」

「お父上――眼をひとときき返して下さいませ」

と紅姫が申し出たが、にべもなく、

「ならぬ」

サージュが引き取って、

「これが会わねばならぬ運命の男か？」

「いいえ」

きっぱりとふられる首が否定した。

「これは単なる下人でございます」

「おお、言ってくれるじゃねえか。赤い姐《ねえ》ちゃん」

とヤンガーが毒づいた。

「何ならおれを自由にして、抱かれてみな。ああ、あなたが待っていた御方よと、おれの下で泣き叫ぶぜ」

「何と申した？」

紅姫が静かに訊いた。空気が凍りついた。

「聞こえなかったのかい？」

ヤンガーが嘲った。

「父上――眼を返していただきますぞ。否と仰せならば、父上とて」

　このとき、サージュがはっと卿の方を見た。別人を見る眼つきであった。紅姫ですら、次の言葉を失ったのである。

「これから一切の口出しは許さぬ」

　と卿は言った。同じ卿だ、同じ声だ。だが、何処《どこ》かが違っていた。

「ヤンガーとやら、おまえは何も感じぬと申したな。だが、それはおまえであるが故だ。わしが用があるのは、そのおまえではない。わしが招いたおまえよ」

　息子と娘の視線が父に集中した。だが、それは間違っていたのかも知れない。

「おまえの名はヤンガーではない。ドルフ・ルネガノンよ」

「誰だ、そいつは？」

　ヤンガーは本気できょとんとした。

「わからぬか。それでも構わぬ。おまえには礼をせねばならぬ。それが招いた理由よ」

「礼？」

　ドルフと呼ばれた若者は、刺すように卿を見つめ、ふと、

「待て……少し待て……おまえ……おまえは何者だ？」

　それから数秒の間を置いて、

「まさか⁉」

かっと眼を剝いた。

「おまえは——おまえは——」

彼はある記憶に捉われていた。時の彼方の記憶に。そして、それは急に遠ざかった。

「——わからねえ」

「それでもよい。では——侮辱のお返しをさせてもらおう。その間に思い出すがよい」

卿は右手を上げた。

「手術を行え。呪われた機械《マシン》ども」

3

夕暮れ近くになって、また白魔が荒れ狂いはじめた。

幸いすぐに見つかった岩穴に身を入れ、ギャルストン一家の男たちは、とりあえず温熱パックの食事に取りかかった。

「いま、高度は？」

叔父の問いに、チャドが面倒臭そうに、

「八〇〇〇とちょいだろう」

と応じ、パックを丸めて捨てた。たちまち火を噴いて灰と化す。〈辺境〉での食べ残しは何を引きつけるか見当もつかないのだ。

「さすがにキツいな」

汗だらけのシャグが、丸薬を呑み下した。固形酸素である。これも〈辺境〉の戦闘士には必需品だ。

兄弟は叔父の手もとを見つめた。胡坐《あぐら》をかいた上でカードを広げている。

「見るな」

あわてて、そっぽを向いた。

石みたいな顔は、それからしばらく、何枚かのカードをめくっては戻し、戻しては新しいのを加えたりしていたが、とうとう、

「やってられんなあ」

と洩らした。

眼を剝く二人は、

「じきにひとり死ぬ」

これも石みたいな声を聞いた。

「誰だ？」

とシャグがせわしない風に訊いた。

「おれか？」

チャドの声は死人のようであった。図体と武器のわりに肝っ玉は小さいらしい。

「わからんな」

叔父は最後に手にしたカードをしげしげと眺めながら答えた。

兄弟の身体は闇に包まれていた。精神《こころ》の方もそうならざるを得ない。

「お互い気をつけようや——と言ってもカードの伝える運命は鋼だが」

「ひょっとして、ジェニーのこっちゃねえのか?」

チャドが身を乗り出した。期待している風だ。

「わからん——だが、虫のいいことを考えるな」

「親父は殺され、ジェニーは崖から落ちて行方不明——あのメカ野郎は何とか撃退したが、またひとりくたばると出たか。少し嫌になって来たぜ」

「臆病風かよ、シャグ?」

咎《とが》めるようなチャドの眼を無視して、

「そう思いたきゃ思え。だが、おれたちは何故、この山に登ったんだ?」

「また訳のわからねえことを——黄金の像目当てに決まってんだろうが」

「それはわかってる。だが、よくよく考えると、本気であれが欲しいのかと思ったりするのさ」

「当たりめえだろ。百万ダラスあたりの額じゃねえんだぜ——億の桁がそびえてるんだ」

「他人の話ではな」

シャグは両手を揉み合わせた。

「だが、九〇〇〇を超す山の上の像だ。ゲルバンダリの住人にも見た奴はいなかった」

「いるさ。山から下りて来た奴がな。だから、やって来たんじゃねえか。他に目的があるとでもいうのかよ？」

「招かれたってのはどうだ？」

「はあ？」

チャドは眼を丸くした。カードを仕舞って二人を見つめる叔父へ、

「おかしなことを言い出したぜ。叱ってやってくれや」

彼はある種の光を湛えた眼でシャグを凝視していたが、やがて、こう訊いた。

「どうして、そう思う？　わからんと言うなよ」

シャグの返事はすぐだった。

「何となくだ——理由はねえ」

叔父の眼の光が強くなった。

「本当か？」

穴の中をいっとき、風の音が支配した。

「親父がこの山に登ろうと言い出した日に、おかしな夢を見たんだ」

「どんな？」

「笑うなよ」

と二人を見た。二人はうなずいた。

「夢の中で、おれは学者だった」

「わっはっは」

とチャドがのけぞり、叔父に足を蹴とばされて黙った。

「何の学者だ？」

と叔父。

「貴族の研究をしてた。そして——ある山の頂き近くにある城をめざして旅してるんだ」

「その山——冥府山か？」

「だと思う——いまでもはっきりしねえがな」

「で、何故、登る気になった？　黄金の像か？」

シャグは両手で顔を覆った。

「それがはっきりしねえんだ。考えてみりゃ、それがいちばん妥当な理由だ。だが——学者としてのおれは」

「別の狙いがあったか、貴族を殺すとか？　はーっはっはっはあ」

のけぞって笑う大男を、後の二人は無視した。

「あんたは何も?」

　叔父は小さくうなずいた。

「残念ながらな」

「ジェニーはどうだったのか、訊こうと思って、それきりになっちまった」

「もう訊けんとは限らないさ」

　叔父は二つめの固形酸素を口に入れた。

　シャグが立ち上がった。

「おい?」

　叔父の呼びかけを無視して、出入口へ進んだ。足を止め、前方を凝視した。雪に誘われたように。

「どうした?」

　チャドが、岩にもたせかけた火薬連銃を摑んだ。

「ジェニーだ」

「何ィ?」

　これも立ち上がる叔父の肩を、チャドが摑んで、

「見えるのか?　何処にいる?」

　答えず、シャグは前へ出た。風と雪が彼を叩いた。

「おまえたちは、山を下りろ」

吹雪の叫びとも取れる声が流れた。

「シャグ⁉　戻れ」

だが、二人の眼を占めたのは、灰色の虚空を自らの色彩《いろ》に染めようとする白魔の乱舞であった。

「どうする、叔父貴？」

チャドは連発長銃を吹雪に向けている。安堵の色があるのは、死を告げられた相手が弟だと実感したためだ。

叔父の次のひと言は、それを読み取った上でのものであったかも知れない。

「行きたきゃ行ってもいいが、死ぬのがシャグとは限らんぞ」


前を行くのは、確かにジェニーであった。こんな雪の中を戻って来たのはともかく、自分を連れてまた出て行く。他の二人は無視だ。この女は本当にジェニーなのか？　死ぬのは自分か？　何のためにおれだけを連れて行く？

様々な疑問が幻のように浮かんで消えたが、どれひとつ答えはやって来なかった。

「ジェニー」

呼びかけの声は出た。

「何処へ連れて行く？」

意外なことに望んでもいなかったものが即座に来た。

「じきにわかる。黙ってついて参れ、クラリス師」

ジェニーの声ではない。野太い男のものだ。確かにシャグへ呼びかけている。だが、クラリス師などここにはいないのだ。

ジェニーは危なげない足取りで岩陰を廻った。

それを追って、シャグは立ちすくんだ。そびえる巨大な影は、一同を襲ったあの物体に違いなかった。

念力攻撃を送る前に、そいつの何処かから奇妙な音がして、シャグは意識を失った。

暗黒の中で、風の音とも思える声が鼓膜を騒がせた。

「まさか、彼が……」

女の声であった。

「間違いない」

静かな響きは、全く似てはいないが、Dの声に通じるものを含んでいた。

「信じられませんわ――リデュース公」

「後の二人はどうします？」

若い男の声が訊いた。

「無用の人間にはそれにふさわしい運命がある。任せろ」
それきり——闇が世界を埋めた。

「ここだ」

タドが、ひと区切りつけたという感じで、息を吐いた。

前方に石を積み上げた壁と、鉄の扉がそびえていた。

「ここが城の最深部だ。後は任せたぜ」

「ちょっと——あなたは行かないの？」

ミルドレッドは呆れた。

「ああ、この中には見たくねえもの、思い出したくねえもンが山ほど詰まってる。二度とご免だ」

「どうするのよ、これから？」

「わからねえ。だが、もう仲間も死んじまった。もとの地下か山ん中で暮らしていくしかねえだろうな」

「もう少し付き合いなさいよ。城の中の様子——知ってるんでしょ？」

タドは固く眼を閉じた。

ねえ、となおも呼びかけるミルドレッドの肩に鋼の指が食いこんだ。

「放っておけ」

Dはこう言って、声も出ぬミルドレッドを鉄扉の方へ向け、タドへうなずいてみせた。

「あんたなら、わかってくれると思ったよ」

眼を閉じたままで言い、タドはもと来た方へ歩き出した。

その姿が岩陰へ消えてから、Dはミルドレッドを解放し、鉄扉の前に立った。

押したが、びくともしない。

「どうするの?」

他に出入口はないかと見廻してから、ミルドレッドが尋ねた。

「貴族というのはおかしな輩でな」

突然、広い空間に、悪夢のような嗄れ声が伝わった。眼を剝くミルドレッドにも構わず、

「最新科学の粋を極めておるくせに、アナクロ趣味になると、徹底的に杜撰《ずさん》になりよる。この扉を見てみい。隙間だらけじゃろ」

鉄と岩との境目に数ミリの筋を認めて、ミルドレッドは、ほんとねと言った。

「でも、鉄の閂《かんぬき》がかかってるわよ」

太さは約一センチ強だが、鉄だ。どうなるものでもない。

「ここでガタガタやってたら、敵に気づかれてしまうわ。他の出入口を捜した方がよくない?」

「よくない」

と嗄れ声が返した。

「だが、前半はおまえの言うとおりだ。ここはこいつに任せよう」

ミルドレッドの脳裡《のうり》にその状況が閃く前に、身体は横へのいていた。凄まじい鬼気の手が押しのけたのである。恐るべきことに、彼女に向けたものではなかった。

Dの背で、ちんと鍔鳴《つばな》りの音がした。

ミルドレッドの眼前で、閃きが走った。それは鉄扉の隙間と同じサイズに見えた。

同時に鉄扉は鉄のきしみ音をたてつつ、こちら側へと開いたのだ。

ミルドレッドは声も出なかった。

――この男《ひと》は、刀で鉄の閂を二つにしたのか⁉

いや、彼ならやれるだろう。だが、そう思っていても、現実に眼にすると、奇蹟とも神業とも言いようがない。

「断っておく」

Dが言った。

「隙だらけの扉だし、監視ビームは作動しない。だが、それゆえにもう気づかれているだろう。いまここで帰るか進むかを、もう一度決めろ」

「彼氏はおっ死んだけど、母さんはまだこの奥にいるわ。余計な心配しないでよ」

Dは無言で扉を開き、その中へ滑りこんだ。

後に続いたミルドレッドの鼻孔を、湿った冷気が衝いた。肌を刺す冷気は、その厳しさの中に、ミルドレッドが幼い時分から嗅いだ、ある匂いを含んでいた。両親といた獲物の解体小屋の匂いだ。

ミルドレッドは、短弓を摑む指を広げ、すぐに握り直した。汗で濡れている。舌打ちしたかった。

扉の内側は広い石段が上層へ続いており、そこからより輝度の高い光が洩れていた。

用心も怖れ気もなくそこを登っていくDの後について数段上がったところで、ミルドレッドはある物理現象に気づいて、はっと足下を見た。

自分の影が黒々と落ちている。ところが、Dの影はその半分も濃さを保っていないのだ。

――これが、ダンピールってこと？

だが、自分の味方だ。そう思ってはみたが、異質な存在と共にある恐怖は鳩尾《みぞおち》のあたりに重くわだかまった。

階段を上り切ると、これこそ貴族の城だと思われる石造りの空間が広がった。

それこそ、果ても見えぬ天井の下には、厚さ五〇メートル、直径三〇〇メートルもの石の円筒が並び、二本をつなげたらしい中心の筋《ライン》から青白い光が洩れている。貴族とは思えぬ時代遅れの電磁エネルギーを使っているらしい。そのための装置が石造りというのが、貴族らしかった。

円筒の間にはおびただしい通路や石段が走り、無知な者が踏みこめば、永久にこの一角を出られないのではないかと思われた。

ミルドレッドが必死にDを見失うまいと尾けていくうちに、黒いコートは、不意に人間サイズの鉄扉の前で停止した。

「何なの？」

思わず訊いたのは、黒い背から気死《きし》しそうな凶気が吹きつけて来たからだ。

答えず、Dは扉の把手《とって》に手をかけ、無雑作に開いた。

内部《なか》には闇が詰まっていた。Dはそれに同化した。

「来るな」

と聞こえたが、ミルドレッドは無視し、そのせいで悲鳴を上げることになった。

第五章　前身譜

1

入室と同時に点灯するシステムが照らし出した室内には、その用途をひと目で理解させる品々が備わっていた。

「ふむふむ、あれは遺伝子変換装置じゃな。あっちは霊体覚醒コンバーター、向うの円筒《シリンダー》は人核素の容れ物じゃ」

「……何よ、それ？」

と嗄《しゃが》れ声に訊いたのは、ミルドレッドが部屋の雰囲気と、幾つもの木のテーブルに載った品々を眼にしたせいだ。

人間――だけではない。狼の頭部がある。ナマコとしか見えない軟体動物の塊がある。ミルドレッドが名も知らず見たこともない野獣の顔が並んでいる。

水槽もあった。半透明な液体に人間の乳房をつけた上半身と、魚の下半身を備えたものが優雅に身をくねらせていく。だが、首がない。

「貴族におかしな生きものを作る趣味があるってのは聞いてたけど……まさか……こんなものを……何をしようっていうのよ？」

誰もいない。

だが、何かが行われた。

遙かな昔から。

——いまも。

「何てことを」

自分のつぶやきを、ミルドレッドは遠く聞いた。ゆらめきに似た感覚が、女猟師を捉えた。

——この声は……

確かに自分の声だ。だが、発しているのは自分ではなかった。

——D……助けて

その思いは声にならなかったが、助けを求められた若者は、冷ややかにミルドレッドを見つめていた。

「——どうだ？」

「遠い世界からの声じゃの。おまえもわかっておったろうが」

と左手がつぶやき、その声が届かぬ先で、ミルドレッドが崩れ落ちた。Dが近づき、その額に左手を当てた。

薄く開いた眼から出るような声が、

「ここで……行われていることを……見たわ」

空気がさらに凍りついた。

「城主が力を持っていた頃は……一年に万に近い人間たちが……ここへ入れられた……彼らを待っていたのは……改造手術……だった……頭が割られ……手足が切断され……内臓が引き出され……た……血は台から床にしたたり……地下のタンクに……貯蔵された……手術したのは……貴族の医師団だった……彼らはすでに……用意していた……人間と組み合わせる……獣たち……を……そこに並んでる円筒の中には……ミュータントDNAのサンプルが……それを……左方のデータ・プリンターの内容と……一緒に……合成体の内部へ注入……する……そうすれば……」

「違うのお」

と左手が言った。

「彼奴の残したノウハウとは別物だ。この城の実験は、単なる妖体づくりじゃない」

「何故だ？」

とDが口にしたのは、誰に対する問いであったのか。

とりあえず、ただひとりの応答者が、

「あ奴に反感を持つ貴族もいたということだ。その中でも、ここの主《あるじ》は大物じゃぞ」

「昔――同じことを実行した人間がいたな」

「確か、耄碌《もうろく》とかいう医者じゃったな。これまでの相手を見る限り、この実験室で生み出された連中は、耄碌のこしらえた生命体と同じものだ。同類を襲って食い殺す――彼奴の実験は、多くの貴族が危惧したとおり、最初から歪みねじれる危険性を含んでいた。その最悪の結果がこれだ。たとえ種的生命の衰亡が避けられぬと知っても、貴族の純粋性は最後まで守り抜く。それを崩壊させせんとする実験の負の面を見せつけてくれる――とな」

「奴に異を唱える者がいるか」

「何事も盤石とはいかんよ」

そのとき、横たわったままのミルドレッドが、

「――城主の部屋を教えてやる。ついて来い」

言うなり立ち上がって、奥へと歩き出した。

「また憑かれたの」

左手の声も動き出した。

奥の壁に別の鉄扉が嵌《は》めこまれていた。

「ここは何じゃ？」

「特別手術室」

ミルドレッドの口調がおぞましさを含んだ。

「特に念入りに、悪鬼を創造するための部屋よ」

「使われたの」

と左手が言った。

「それも最近――ついさっき」

「下がれ」

とDが言った。

「え？」

「内部《なか》にいる」

突然、鉄扉が吹っとんだ。無色無音のエネルギーに押されてミルドレッドに激突する寸前、Dの背から白光が迸《ほとばし》って、串刺しにした。

それを右方にふり捨てて、Dは長方形の戸口を見つめた。エネルギー圧に押されたミルドレッドは、四、五メートル後方に倒れている。

戸口の奥に天井から両手を鎖でつながれた旧知の顔が俯《うつむ》いていた。

「〝三羽の白鳥〟――確かヤンガーとかいうた奴じゃの。捕われていたか」

「入るわ」

立ち上がって先へ進もうとするミルドレッドを、Dは片手で制した。

「ここが何処だか忘れたか」

ヤンガーが顔を上げた。

唇が歪んでいる。苦痛のせいか――否、彼は笑っているのだった。

「よく来たD。おれはいま、別の生きものとして甦った」

唇の笑いがさらに深まり、両端は耳まで吊り上がった。

「変えたのは、冥府卿さまだ。おれはそれに報いねばならん」

「おまえも招かれた者か？」

Dが訊いた。

「さてな。そうであったとしても、何のためかもわからぬ。どうでもいいことだ」

「ならば――生命も」

三条の光がヤンガーの心臓へ吸いこまれた。Dの白木の針である。

ヤンガーが薄く笑った。

「Dよ――昔ながらのやり方に固執せんことだ」

彼は上体を大きく反らせて、振った。

針は抜け落ちたばかりかDの顔面を襲い、両眼を貫いて後頭部から抜けた。

Dが神速で顔を移動させたのである。のみならず、彼は床を蹴った。

漆黒のコートが翼のように広がって、ヤンガーには人型の魔鳥のごとく見えたはずである。

敵と見なした以上、その一刀は容赦なくヤンガーの頭部を割る。

だが、黒い流れが火花とともにそれを撥ね返した。

右腕を委ねた鎖のひとふりで、ヤンガーはDの一撃を迎え討ったのである。鎖はもう一本あった。天井から斜めに叩きつけて来るそれを、Dは巻き起こす風に乗って躱《かわ》した。

そこへ新たな鎖が降って来る。これも間一髪の隙でやり過ごしたものの、Dはよろめいた。

信じ難い速度と力であった。

「これは新しい力よ」

ヤンガーの声は、両手の先で回転する鎖の怒号に吹き消された。

「新しいおれも、なってみれば案外馴染む。Dよ、おまえも——と誘うだけ無駄か」

右手の鎖がふっと消えた。速度を増したのである。

ごお、と唸る叫びも遙かに凄まじさを増して、Dは背後の壁に叩きつけられた。

ひねろうとした身体を風が押さえつけた。

「やるのお」

左手の声は誰にも聞こえない。

そのとき——正に風を切って、ひとすじの黒矢がヤンガーの喉から腋《わき》の下へ斜めに貫いた。

驚くべし。Dの針を物ともしなかったヤンガーが、苦鳴を放ってのけぞったではないか⁉

「女——貴様は⁉」

苦痛と憎悪に狂う双眸が、女猟師を捉えた。

「この痛みは——そうか、貴様も——」

唸りとぶ二本目を鎖のひとふりで弾き返すや、ヤンガーは後方へと走った。

「面白くなって来たぞ、Dよ。と言っても、おまえにはわからぬか」

声は闇の向うへ消えた。

ミルドレッドが、弓につがえていた三本目の矢を緩めて、

「あなたも危ない目に遇《あ》うのね」

と何処か親しげに言った。少しは自分に近づいたと思ったのかも知れない。

「また厄介者がひとり増えたの」

こう言い放った左手に対して、

「Dの針が効かなかったのに、あたしの矢で逃げ出したのはなぜよ？　確かに厄介者ね」

「おまえ——山へ来た理由は彼氏と母親を救い出すためだと言うたの？」

「それがどうしたの？」

「他の目的は考えつかんか？」

「何よ、それ？　そんなものあるわけがないでしょう」

きっぱりと言い放った。

「成程な」

左手はすんなり認めたが、ミルドレッド自身が、

「誰が憑いたと思う？」

とつぶやくように訊いた。

「憑かれたっていう連中に話を聞いたこともあるし、ふざけて憑霊術にかかったこともあるけど、今度のは少し違うのよ」

「どう違う？」

とＤ。

「それがはっきりすれば苦労はしないんだけど――さて」

ミルドレッドが眼を閉じた。すぐに開いた。別人の眼であった。

「おお――また出て来たか」

左手の声も無視して、

「こっちだ」

歩き出した先は、ヤンガーが去った奥の間であった。二分ほど進むと、入って来た鉄扉とは別世界の、滑らかにかがやくエレベーターのドアが壁に嵌めこまれていた。

ミルドレッドが横のセンサーに手をかざして開けた。

乗るとすぐミルドレッドは、

た。

「卿界へ」

と告げた。エレベーターは少しも動かない――だが、Dには猛スピードでの上昇が感知できた。

五秒ほどで止まった。

「高度九五〇〇。城の位置としては最上階じゃな」

左手が言った。

三人が歩んだのは、精緻な彫刻を刻んだ黄金と水晶の通路であった。

「だが、この上に黄金の像がそびえておる。そこへは入れぬのか？」

「入れぬ」

ミルドレッドの即答であった。

「入る場所はあるが、そこへ到れる者はない。こしらえた者のみじゃ」

「城主は違うのかの？」

「違う」

「では、建立者《こんりゆうしや》は誰じゃ」

「知らぬ。冥府卿は、白雪降り注ぐ冬のある日、忽然と建っていたと告げた」

「誰が、何のために、か」

こう言って左手は沈黙した。ミルドレッドはすでに前方を進んでいく。

「震えておるぞ」

左手が、Dにしか聴取できぬ声で言った。

「あれは怯えではない。怒りと憎悪じゃ。よほど城主が憎いとみえる」

それから、

「向うも気づいておるだろうに、何も手を打って来ぬな」

「待っているのだ。万全の備えでな」

とD。

左手がふむ、と応じたとき、ミルドレッドは、廊下の突き当たり——巨大な扉の前で止まった。

「派手好きな城主だの」

左手が呆れた声を隠さぬほど、それは一個の芸術品といえるほど美しく厳しい造作で訪れる者を睥睨《へいげい》していた。

ミルドレッドがその表面に手を当てると同時に、扉は音もなく、中央から内側へと後退しはじめた。

最初に見えたのは、途方もなく天井が高い室内と、その真ん中に立つ葡萄酒色の鎧姿であった。

兜《かぶと》の装着はなく、若く精悍な顔の中で、冷酷な碧眼がDを映している。

「私はサージュ。冥府卿の護衛騎士だ」

「D」

と名乗ったのは礼儀ではない。この若者の場合、死者への手向けと同義なのだ。

サージュは、じっとDを見て、

「我々が気づいていたのを知らぬわけではあるまいな。なのに正面切ってやって来るとは、愚者でなければ、さすがDと呼ばれる男。よくぞ来た」

声にはまぎれもない感嘆の響きがあった。対して、

「冥府卿はどこにいる？」

Dはあくまでも率直であった。

「目下、休養を取られている。そこで卿のお考えを伝えよう。Dよ、臣下になる気はないか？」

サージュの口調からすると、この提案とDの返事に、それなりの自信があったものとみえる。

だが、次の刹那、彼は驚きの眼を見張らねばならなかった。

「見誤ったか」

とつぶやいたのは、三メートルも跳びしさった地点でだ。首のカラーが横一文字に裂けている。Dの抜き放った一刀であった。

「手応えはどうだ？」

とサージュは薄く笑った。

「私の首ごと落とした——そうだろう。だが、このとおりだ」

彼はカラーを指した。傷は陽炎のように揺れ、薄れて消滅した。

「私ではなく、不死者を作る鎧のおかげだ。『不死者づくり《ノスフェラチエ・メイカー》』と覚えておけ。しかし、いきなり斬りかかったとはいえ、私によける暇も与えぬとは——つくづく怖ろしい男よ」

黒い若者を映す碧眼に危険な感情が揺らめいた。殺気であった。

それが空気を凍らせるほどのものであろうとも、Dには無関係であったに違いない。大きく跳躍するや、彼はサージュの頭頂へ大上段の一刀を送ったのだ。

それは胴の半ばまで斬り下ろして抜かれた。消えていく斬線を見つめて、ミルドレッドが恐怖の吐息を洩らした。

「私はおまえに二度斬られた。だが、鎧が治してくれた。これを着ている限り、私は不死身なのだ。Dよ——諦めろ」

再び長刀が閃いた。

それに胴を割られつつ、サージュは新たに五メートルも後ろへ跳んでいた。

「距離は取った」

自信に満ちたサージュの声と同時に、その両手から黒い光のすじがDを襲った。

それは柄のない刃のみの手裏剣であった。Dの刀身は二本とも打ち落としたものの、大きく乱れた。二本の刃がその胸に食いこんでいたのである。寸分の狂いもなく、サージュはもう二本の刃を同時に投擲《とうてき》していたのである。

前のめりに倒れたDは、片手で上体を支えたが、すぐに崩れ落ちた。

「私の秘術『不見鬼』だ。いま、とどめを刺してくれる」

重々しい足音をたてて近づいて来るサージュめがけて、ミルドレッドの矢が飛んだが、いともたやすく握り止められた。

「Dのとどめを刺したら、次はおまえだ。ここで死ぬか、我らの下僕になるか、いまのうちに決めておけ」

鎧——「不死者づくり」の腿に手を当てると、内側から長剣が現われた。

Dのかたわらで足を止め、サージュはそれを両手でふり上げた。

「やめて！」

声より早く矢を射るのが猟師の性質《さが》だ。もう一矢《いっし》を放っても、内心無駄とミルドレッドは思っていたかもしれない。

だが、長刀をふりかざしたまま、身じろぎもせず、サージュはそれを胴体に受けたのだ。

鏃《やじり》は心臓に達した。

「ぐぎぎぎ……ぐ」

端正な顔とは似ても似つかぬ獣の苦鳴を撒き散らしつつ、彼は後退した。長剣が床に落ちた。

ミルドレッドの矢に触れもしないのが、原因は別にあると示していた。

青白い電磁波が鎧の周囲を巡った。

「『不死者づくり』自体は不死身にあらず——か。Dよ、おまえの剣——確かに味わったぞ」

余程、致命的な事態が生じつつあるのか、サージュは奥へと走り去った。

「——D⁉」

駆け寄ったミルドレッドのかたわらで、美しい若者はぴくりとも動かない。

「どうしよう——どうしよう」

はじめて手に負えぬ事態が、ミルドレッドを混乱させていた。

閃いた。何ともおぞましいアイディアが。

「ダンピールの半分は貴族——それなら」

娘は矢筒の表面につけたポケットから、二〇センチほどの薄い小柄《こづか》を抜いた。

左手首に当てた目的は言うまでもない。傷口からしたたる血をDに飲ませるのだ。

だが、肉に食いこんだ鋼は肉を断つ前に離れた。

「………」

鋼を自分の唇に当ててから、ミルドレッドは、

「あたし……どうかしちゃったわ」

と呻いた。

刃が少し動くと、上唇に赤い塊がふくれ上がった。

「あなたの血でも……いいんだろうけど……少しは、あたしにもいい目を見させてよ」

つっ伏したDの左頰に、ミルドレッドは血の唇を近づけ、手前で踏みとどまった。心臓が高鳴っている。いままでどんな男にも感じたことのないたぎりが、血管を流れていく。

「あたしの血で甦ってよ、D」

抑えていた思いを言葉に乗せると同時に、血の珠《たま》が頰に落ちた。

Dの唇の端に流れていく赤いすじを凝視しながら、ミルドレッドは眼を閉じた。血は唇に届いたのだ。

「ああ」

貴族に吸血された者は、その瞬間、人間相手では味わえない欲情に打ち震えるという。吸われてはいない。なのに、ミルドレッドの手はシャツのボタンを外して、直に肉の谷間に入りこんだ。

声が大きくなった。

乳房を揉んでいる。

眼はDの唇に滑りこんだ自分の血を見つめている。

そのとき、低い笑い声が鼓膜を震わせた。燃え上がっていた身体と意識が一瞬に我に返る、いや、凍りついた――そんな響きを伴う声であった。

サージュの去っていった空間に、真紅のドレスをまとった美女が立っていた。

「私は紅姫という」

美女は冷え冷えと名乗った。

「小娘――面白いことをする。その男に惚れたか？」

「おまえは――城主の娘か？　それとも部下か？」

「役目のみ伝えてやろう。これからおまえたちの首を落としてくれる。そ奴を頼りにしたくても出来ぬ。ダンピールごときは所詮、出来損ないの貴族もどき。心臓を突かれての復活は不可能じゃ。確かに、滅ぼすには惜しい美男じゃが」

「見えるの？」

「声でわかる。足音でわかる。巻き起こす風でわかる。何よりも、雰囲気でわかる。かほどに美しい男を手にかけねばならぬとは、な」

勝ち誇った声とは裏腹な悲哀に似た表情が、冷厳な美貌をかすめた。

ミルドレッドが待っていたのは、その瞬間だった。

発条《ばね》仕掛けのように跳ね上がった上体は、矢をつがえた弓を構えている。

風を切って飛んだ矢は三本あった。

驚愕の叫びがミルドレッドの唇を割った。紅姫の全身を真紅の煙が覆ったのだ。このとき、すでに矢は血煙ごと紅姫の胸と喉に吸いこまれている。

床が鳴った。矢はことごとく落ちたのだ。それは血に包まれていた。

「血の楯じゃ」

紅姫は低く笑った。

「余の血があらゆる攻撃を包み、余の身体に届く前にその力を奪う。そして、この楯は武器に変わる」

血煙の一部がすうと突き出すや、ミルドレッドの左肩を貫いた。矢ではない。槍《やり》である。

「『血槍《ちやり》』という——この名を、冥途へ伝えるがよい」

紅姫の血は鋼の強靭を誇っていた。ミルドレッドの身体は、易々と紅姫の下に引き寄せられてしまったのだ。

「……よくも」

と喘ぐ唇の前に真紅の唇が近づいて、こう言った。

「生命に満ちた女の血——Dとやらよりも余を喜ばせよ」

そむけようとした顔は押さえつけられ、唇は重なった。異様な快感がミルドレッドを捉えた。唇に残った血が吸い取られ、紅姫の顔はすぐに離れた。

「では——逝くがよい」

迸《ほとばし》る新たなるひと槍。まさか、それが頭上からの一閃《いっせん》に半ばで打ち落とされるとは。

いや、もうひと槍も断たれて、ミルドレッドはその場に崩れ落ちた。その腰をぐいと抱き止

めた鉄の腕がある。

「――D⁉」

娘を横抱きにしてすっくと立ったのは、まぎれもなくDだ。だが、どうやってかくも速やかに死から甦ったものか⁉

「サージュのオモチャを心臓に受けて、そのようにささやかな量の血で甦るとは――おまえは何者じゃ⁉」

紅姫の声が震えているのは、驚きと怒りのせいばかりではない。その根源に潜む感情――恐怖であった。

「城主はその奥か」

とDは冷ややかに言った。少しも変わらぬ力に満ちた鉄の声であった。

「除《の》かずともよい。戦おうと戦うまいと、おまえはここで朽ちる」

死の宣言が終わらぬうちに、Dの刀身は紅姫の心臓を貫いていた。

否、それは空を刺したのである。

血煙は音もなく床に広がった。

一〇メートルの彼方に紅姫の姿があった。

「楯に戻した」

と紅姫は言った。

「だが、いまの一刀――血が凍ったわ。Dとやら、返礼はちとキツくなるぞ」

ふたたび、その身体は血煙に包まれた。新たな攻撃は即座に開始されるだろう。それを受けられるかどうか、D当人よりもミルドレッドの方が案じていたかも知れない。Dの顔色は屍蠟《しろう》のごとくに褪《あ》せ、洩れる息は浅く細い。ミルドレッドの血では賄い切れなかったのだ。量よりも質が。

だが、全身から立ち昇る鬼気は、なおも凄絶だ。紅姫の殺気とそれが時を得て触れ合った刹那に勝敗は決するであろう。それを迎える緊張に耐え切れず、ミルドレッドの意識は暗黒に包まれた。

不意に闇が晴れた。

かたわらにDがいる。紅姫の姿だけが見えなかった。

「どうしたの？」

「何かが起きたらしいの」

嗄れ声は、ひどく懐かしく響いた。

「慌ててとんでいきおった。普段なら後ろを見せても逃さぬところだが、こちらも意外と重傷でな。さて、次に打つ手はと」

そのかたわらで重い音が鳴った。

ミルドレッドが倒れたのだ。

抱き起こして額に左手を当てた。

「いかんな」

嗄れ声が重々しく告げた。

「精神時間が混乱しておる。最も悪い状況だぞ。すぐに治療せんと危険じゃ」

「ここではまずいか？」

「ああ。清浄な場所の方が効く。しかし――」

嗄れ声はここで詰まり、すぐに、

「ん？」

Ｄの眼が光った。

ミルドレッドが立ち上がったのである。

「動かされておるぞ。面白い」

女猟師はよろよろと、しかし、着実に奥へと進んでいく。

「その先は」

とＤ。

「城主の私室じゃな」

左手が返し、黒衣の姿はミルドレッドを追いはじめた。

広い豪奢な空間へ出た。黄金と宝石のかがやきが世界をかすませている。どんなに強靭な精神に支えられた学究の徒であろうと、一歩足を踏み入れれば、盗賊と化すだろう。そして、それを誰も責める資格はない、そんな部屋が続いた。

明らかに防禦《ぼうぎょ》装置と思しい稼動音も聞こえたが、Dの胸のかがやきが、青々とそれらを制した。

不意にとりわけ豪華な寝室に出た。このベッドに寝た者は、生涯眼醒めず、幸せな眠りの中で朽ちていくだろうと思わせる寝間であった。

それまで見向きもせずに進んで来たミルドレッドは、足も止めずに横切って、西側の壁の前で停止した。

それきり動かない。

横に並ぶと、左手が、

「この奥が目的地じゃな。入口はあるが、入り方がわからんらしい」

ためらうこともなく、Dは左手の平を壁に押しつけた。

数秒――左手は手首まで呑みこまれた。

すぐに引き戻して、Dはミルドレッドを見た。待っていたかのように前進し、その身体は霧にでも溶けこむかのように、壁の中に沈んだ。

Dも後に続く。

次元の隙間を抜けて出た場所は、石壁に囲まれた部屋であった。鉄格子の嵌った窓はあるが、後はすべて圧倒的な質量を誇る巨石が出入りを遮断している。それでいて、不気味な気も、幽閉感も存在しなかった。

ひどく清々しい――と言ってもいい空間であった。

中央に石の棺がひとつ横たわっている。

「ふーむ――いわゆる聖なる行為が行われておるな」

と左手が指摘した。

「でないとこうはならん。ふうむ。どうじゃな、うっすらとわかって来たか」

返事はない。

Dは棺のそばに立つミルドレッドを見つめた。

その周囲に別の人影があった。断じて、彼らとともに来たものではなかった。

痩身の学者風の老婆。

肩から袋を担いだごつい男は、ツルハシを手にしている。

怯え切った表情の男の子が、柩を見つめている。

「おい」

左手が声をかけた。

Dにはわかっていたかもしれない。ミルドレッドの位置にいたのは、鉄の楔《くさび》とハンマーを握りしめた精悍な若者であった。

「ふうむ、出て来たか」

左手がむしろ明るく言った。

四人はDを無視した。いや、見えていなかった。

彼らは柩に近づき、その蓋に手をかけた。

押す必要はなかった。油でも塗られていたかのように、分厚い蓋は滑らかに移動し、半ばで停止した。

棺の中には、不気味なものが横たわっていた。

鉄の仮面と装甲で全身を覆った何かであった。

突然、苦鳴としか思えない、しかし、この世界に生きる何者も上げっこない苦鳴が、仮面の口から迸った。

それは四人の男女の全身に緊張と決意とをまとわせた。

2

「打つぞ」

ツルハシを手にした男の声は、緊張にくぐもっていた。うなずく者さえない。全員の精神《こころ》が砕けとびそうなのだ。

「よっしゃ。では、みな、この先っちょに血を垂らせ」

と男が鋭く分厚い破砕具を両手に持ち替え、その先端を残る三人に突き出した。

すでに赤く乾いた血を一センチほど被っている。

みな声もなくうなずいた。決意は鉄なのだ。

真っ先に男の子が前へ出て、左の人さし指の先を嚙み切り、ツルハシの先に一滴落とした。

次は老婆であった。細いナイフが手の平を走り、血の量は少年よりずっと多かった。

そのとき、一同の後ろにもうひとつ——革コートの妖艶たる美女の姿が現われた。

「間に合ったわね」

美女は若者の方を向いて、唇を突き出した。半ば閉じた眼は妖しい光を放っている。若者の腰のナイフに眼をやって、

「それで斬ってよ」

ツルハシ男がちらと眼をやったきりで、後は石のように立っている。艶事《つやごと》どころではないのだ。美青年にもそれはわかっていた。

「よし」

とナイフに手をかけたが、それは抜けなかった。いきなり美女が抱きつくや、唇を重ねたのである。

低いが鋭い呻きはどちらのものだったのか。

押し放した美青年の唇からは鮮血がしたたった。女が噛み切ったのである。妖しく笑い、女は舌を突き出して、長い爪でその上に一線を引いた。線は朱色のすじとなって唇に付着した若者の血と混じり合った。

「二人分よ」

女はツルハシの先に顔を寄せ、ひと舐めした。

「よし」

ごつい男が納得し、あらためて、柩の内部のものに視線を注いだ。

鉄の仮面と装甲に隠されてはいるが、単なる貴族ではない。それは武人だ。岩のような顔と身体がそう告げている。

「冥府卿――の父だ」

Dのかたわらで、ミルドレッドが宣言した。それは若者の声であった。彼女はいま、過去の自分と仲間たちを目撃し、同化しているのだ。殺意が声に滲んだ。

「我々はそれぞれの目的を持って、この城へ参集した。そして、いま城主の胸に、吸血鬼の呪いを解くべき神の鉄槌を打ち下ろそうとしている」

「みんな、見てろよ」

ごつい男がツルハシの先を卿の左胸に当ててから、ゆっくりとふり上げた。

「待て」

ミルドレッド＝若者が前へ出て、一同と柩の間に身を入れた。

「まだ邪魔をするつもりか？」

美青年が眼を剝いた。

「また、邪魔をしたければするがいい。今度こそ殺してやる」

「もうやめて――引っこんでいなさい！」

と老婦人が祈るように手指を組み合わせた。露骨な嘲笑を放ったのは美女であった。

「まだ、自分ひとりで母親の仇を討つつもり？　みな迷惑してるんだけどな。あんたの泣き事に付き合っちゃいられないんだよ」

「どいてくれ」

とミルドレッドの前身は叫んだ。

「そいつのためにおれの母は死んだ。仇は必ず討つ――あんたたちこそ泥に邪魔はさせないぜ」

「お兄ちゃん――やめてくれ」

と少年が悲鳴に近い声をふり絞った。

「喧嘩なんかよしてくれ。みんな、目的は別々だけど、一緒に登って来た仲間じゃないか。そうだ、みんな威張ってるけど、おいらが地下の排水孔から忍びこんで門を開けなきゃ、何にも出来なかっただろ。それどころか凍死してたよねえ。ここはおいらの言い分を通しておくれよ」

その言葉に嘘はなかったらしく、一同を覆う殺気の雲は急速に薄れた。

「そう言えば、そうよね」

艶然たる笑みを少年に向けたのは、あの美女だ。

「ここはサイモンに任せようじゃないの？」

と旗印を変えたのは、老婆であった。

「あっさり陣地替えかよ」

とツルハシ男が、石でも嚙み砕きそうな歯を剝いた。

「はっきり言っとく。おれはやめるつもりはねえ。城主にとどめを刺すのは、おれ様だ。約束どおり、城にある金目のものは、いのいちばんにおれが頂戴する」

「わからない男ねえ」

美女が咎めるように言った。

「貴族にとどめを刺す権利は、サイモンにあると、みんな認めたのよ。ドルフ、あなたも従いなさいな」

「へっ、この墓所まで来られたのは、誰のお蔭でい？　おれのパワーがなきゃ、おまえらみんな血ィ吸われていたんだぞ。こいつがなくっちゃな」

男は片手で額を指さした。

誰もが口をつぐんだ。認めざるを得ないのだ。

男はへっ、と吐き捨て、ツルハシを持ち直した。

「おわかりのようだな。それじゃあ、サイモン、先に行かせてもらうぜ」

全身の筋肉が盛り上がった。力が両手首から先に集中し、男——ドルフ・ルネガノンはツルハシをふりかぶった。

他の仲間を見ようともせず、

「いよおおお」

鉄の角《つの》は柩の中の一点を目がけてふり下ろされた。


「——過去の出来事?」

ミルドレッドのつぶやきが、空中に広がった。

Dと——二人は城の中にいた。他には誰もいない。幻は消えていた。

「そのようじゃな。おまえもあの中のひとりじゃろう。声からして、ツルハシ打ちを止めた若いのじゃ」

「男だわよ」

「転生に男女の区別はないわ」

「恐らく、この城にある財宝やその他を目的に忍んで来たのだろう」

とDが言った。

「人品卑しからぬ婆さんもおったぞ」

「その他の方だろう」

「それは何か？」

「――それより、あの柩の中の鎧武者は滅ぼされてしまったのね」

とミルドレッド。

「そうじゃろうな」

左手が重々しく言った。

「これでわかったじゃろう。おまえや他の連中がまとめてこの城へやって来たのは、自分の意思ではない。招かれたのじゃ。柩の主の怨念にな」

「時を超えた復讐ってわけか」

ミルドレッドは片手を胸に当てて、溜息をひとつついた。

「でも、いつ頃の話よ？」

「服装《いでたち》から見て、ざっと千年前じゃの」

「千年前の自分がやったことの怨みを、いま晴らされるわけ？　やれやれ」

ちら、とDを見上げて、

「あんたは例外？」

「そうらしいな」

「何か不公平に思える。あんたなんか、真っ先に呪われそうなのにね」

憤然たる物言いも意に介さず、Dは部屋の柩に眼をやった。

かつて、その柩の中のものに加えられた一撃と加えた者たちとが、今回の物語を生んだのだ。一千年前の怨嗟《えんさ》が満たされるまで、血は流され続けるに違いない。

不意に天地が逆転した。

自分が天井へ向けて落ちていくのを、ミルドレッドは感じた。

悲鳴が出たのは、それからだ。

急速に意識は失われた。


気がついたのは、石の床の上であった。

はね起きた。痛みはない。弓も矢筒も無事だ。

「――D?」

真っ先のひと声であった。返事はない。薄い光が周囲を照らし出している。ミルドレッドしかいない。

前の部屋ほど狭くはない石の空間だが、何処か清々しい雰囲気は失われていた。

鼻孔をかすかに撫でるこの匂いは――

血臭だ。

「来たな、招かれ人よ」

声は予期せぬ場所からした。

頭の上――天井だ。

ふり仰ぎ、ミルドレッドはよろめいた。急速なめまいが襲ったのである。

それに耐えながら、両眼を見開いた。

人間が見えた。

戦闘服姿の若者が、天井から逆しまにぶら下がっているのだった。

「あんたは――ヤンガー」

先刻、鎖につながれていた〝三羽の白鳥〟の最後の一羽だ。

まだ揺らぎ、撹乱する感覚を抑えながら、ミルドレッドは短弓の狙いをつけた。

「ここは何処？　Dはどうしたの？」

「あのハンサムなら、別の場所にいる。とりあえず用はないし、戦って勝てると保証しかねるのでな」

「あたしをどうするつもり？」

「ふむ。初めて見たときから気になってたんだ。その理由がいままでわからなかったが、さっき上で会ったときにわかった。おれも招かれ人さ。なあ、ひとつ力を合わせようじゃねえか?」

「どういうこと?」

正直、ミルドレッドは昏迷した。

「おれたちは復讐のネタとして招《よ》ばれたらしい。だが、黙って討たれるのも業腹だ。で、力を合わせて返り討ちにしようって寸法さ」

「なら、他の連中もいるわよ」

「それはそうだが、いつ会えるかわからねえし、おれに加担するかも不明だ。とりあえず、二人で手を組もうや」

「いいけど、ひとつ条件があるわ」

「そのひとつとは?」

「いつでも袂《たもと》を分かつ」

ヤンガーの眼を見つめて言った。

「気が向いたらいつでもトンズラするわよ――いいわね?」

「よかろう。おれの勘じゃ、おまえはどうせ仲間になる」

「それより、あんた――上じゃ別の生きものになったと、啖呵切ってたじゃないの。あたしよりよっぽど裏切り者になりやすいじゃん。その辺はどうなのよ?」

「正直言って永遠の味方との保証はしかねる」

ヤンガーは苦笑を浮かべた。

「いまでも新しいおれになろうって衝動と戦ってるしな。いつ向う側の人間になるかわからねえ」

「物騒な相棒ねえ。よく仲間が欲しいなんて思ったわね」

「人間、ぽっちじゃ寂しいんでな」

ミルドレッドは溜息をついて、室内を見廻した。やはり――Dはいなかった。

「とりあえず休戦ね。これからどうするの？」

「こっちだ」

とヤンガーは、やって来た方を指さす。

「城ん中――詳しいの？」

「ああ。あんたとおんなじ理由でな」

ヤンガーは奥の石壁まで歩いて身を屈めた。

「？」

「背中に乗れ。ここは落し穴の底でな。出入口は天井にしかない」

「ねえ――Dは何処へ行ったの？」

「落とす仕組みは空間転移だそうだ。途中で別の空間にでも入りこんじまったんだろう」

ミルドレッドは、もう一度溜息をつくしかなかった。

幅広い背中に乗ると、驚くべきことに、ヤンガーは虫のように石壁を駆け上がり、天井の石蓋を開いた。

抜け出た場所は、広い拷問部屋であった。

本で見た物騒な道具——鉄の処女や、水桶、鞭打《むちう》ち台や、熔炉が並んでいる。どれも使用中らしい生々しさを漂わせており、ミルドレッドは内心辟易した。

「——ん？」

ドアの方へ歩き出したヤンガーが足を止めた。

「どうかして？」

反射的に弓を持ち上げ、ミルドレッドは周囲を見廻した。

「ここは地下の最深部でな。外への通路が近くに何本かある。そのあたりから——来たな」

「仲間に入れたら？」

相手が誰かもわからず、ミルドレッドはいい加減に提案した。

呆れたことに、

「そうだな」

ヤンガーはこう答えてドアに向かった。

「だけど、侵入はもう気づかれている。同志勧誘は手早くやらないとね」

「うるせえ。それより——下りろ」

「あ」

ミルドレッドが跳び下りるや、ヤンガーは廊下の右方へと走った。

出迎えるまでもなかった。薄闇の向うから、大型の馬車が現われたのである。

だが、馬は蹄《ひづめ》の音をたてず、車輪も沈黙を選んでいた。

二人の五、六メートル手前で止まると、御者台にマント姿の男が立ち上がった。

「誰だ、とは訊かねえだろうな？」

ヤンガーの挑発めいたひと言に、リデュース公爵は両眼を赤く燃え光らせた。

「ああ、よくわかるぞ。だが、今回は仲間にするつもりはない」

「おいおい。招かれたのは、奴の復讐のためだ。ここは手を組んで――」

馬たちの眼から迸る真紅の光条が、ヤンガーの全身を貫いた。粒子砲だった。

第六章　復讐の顎《あぎと》

1

ヤンガーは炎に包まれた。直径五〇ミリの射入孔が二つ、左右の胸を貫いていた。

「冥府卿に感謝するぜ」

ヤンガーはにっと笑って傷口を撫でた。炎は消え、灼熱の刺傷痕も消えた。

「貴族になったか」

リデュース公が御者席から長槍を抜き取った。

その長い穂に狂的な響きを上げて、ヤンガーの手から太い鎖が巻きついた。

恐らく身体の何処かに巻きつけていたのだろう。少しも気がつかなかったと、ミルドレッドは眼を剝いた。

上衣の右袖口から迸り出たそれを、ヤンガーは軽く捻った。

槍は砕けた。

「おれはこう見えても慈悲深い男でな。もう一遍チャンスをやろう。手を組もうじゃねえか」

「断る」

リデュース公の槍の穂が、黄金の光となって再生した。

すでに手もとへ引き戻した鎖を、ヤンガーはもう一度投擲《とうてき》した。

槍穂の一閃がそれを弾きとばし、リデュース公の手もとから彼の胸まで伸びた。

白銀のかがやきが、ヤンガーを貫いた。

しかし、大きく後方へ跳びのき、彼は、

「ミルドレッド」

と叫んだ。

返事はなかった。女猟師は別の戦いに参加していたのだった。

粒子ビームがヤンガーを貫く光景に、ミルドレッドは不安と絶望を胃の腑に溜めた。

背後の気配に気づかなかったのは、そのせいであった。

氷を押しつけられたような感覚は、両肩から全身を突き抜けた。

ふり向くことも叶わず、わずかに首をひん曲げ、

「誰？」

苦しげに訊いた。

その前に、ぬうと青白い女の顔が広がった。

「おまえは⁉」

「ジェニー・ギャルストン――というのは昔の名前よ」

白い顔の中でも異様に紅い唇が、鋭い牙を露わにした。

「貴族の仲間に堕ちたか」

肩の把握をふりほどこうとしたが、ジェニーの指はびくともしなかった。いや、ミルドレッドの身体が微動だにしなかったのである。

「おまえも堕ちるがいい」

ジェニーの顔が首すじに近づいた。ミルドレッドに為す術はなかった。

食いこむ牙の痛みを予期して硬直する身体が、

「？」

と放った。

ジェニーは数センチを残して立ち尽くした。苦悩の色が美貌を染めている。

「お行き！」

摑んだ肩をふった。ミルドレッドは数メートルも飛んで石床に落ちた。

かろうじて受身を取れた。すぐに立ち上がって女吸血鬼を見た。

記憶が閃いた。

「あなたは――」

こちらを睨みつけるジェニーの顔に、すっと小さな少年の顔が重なった。

それも一瞬――高らかな哄笑が廊下全体に響き渡ったのである。

「ここじゃ」

次の声は、天井から逆しまにぶら下がった真紅の髪とドレスの娘が放ったものであった。

「おお――紅姫⁉」

と叫んだのはヤンガーだ。彼は五メートルの空中に浮いていた。右胸を串刺しにした光の槍の穂に支えられて。

「愚か者めが」

紅姫の嘲罵は、ヤンガーに向けられたものであった。

「我らと同じ血を与えてやったものを、なおも人間に留まるか。ヤンガーよ、我らが見込んだ男なら、その槍、見事にさばいてみよ」

真紅の光が下方から紅姫を貫いた。一〇〇万度の粒子ビームは女の髪とドレスに馴染み溶けこんだかのように見えた。

焼け崩れる石の中で、姫は鮮やかに笑った。

「呆けたか、リデュース公。我らより、自らの足下に気を配れ」

その右手がジェニーを差すや、紅い槍と化してその胸を貫いた——と見えたが、ジェニーの前にとび出して代わりに受けた影がある。

「シジョン⁉」

死の淵からリデュース公に救われた若者は、花嫁を救うべく真紅の武器を受けた。

「ほお——男の役目を心得ていたか」

相好を崩した紅姫の表情には、軽蔑に混じった感嘆が滲んでいた。

崩れ落ちるシジョンを支えて、

「莫迦ね——あたしは感謝しないよ」

ジェニーの声は、しかし、悲しみから出来ていた。

「花嫁になった……ろ」

こう言って、シジョンは崩壊した。布切れと腐敗片を抱えて棒立ちのジェニーの胸を、鋼矢が貫いた。

悪鬼の眼差しが向けられた先で、ミルドレッドが新たな矢を放とうとしていた。

「やめい！」

雷《いかずち》の檄《げき》が馬車から走った。それは、天井の紅姫の笑みさえ凍らせた。

緋色のマントを大雲のように引き連れ床に立ったのは、リデュース公であった。

彼は長靴《ちょうか》の足音も高く、胸の矢を握りしめたジェニーに歩み寄り、

「戻れ」

と命じた。

「でも――」

悲痛な声と表情へ、

「シジョンめは死んだ。おまえが代わりになれ、ミルドレッド」

肩を摑むや馬車の方へふりとばし、ミルドレッドを見た。

びゅん！　と飛んだ鋼矢は、今度は過《あやま》たずその心臓から背まで抜けた。

わずかに上体をのけぞらせただけで、リデュース公の歩みは止まらなかった。

ミルドレッドの前まで来ると、短弓を取り上げもせず、その眼を見つめた。黄金の光がミルドレッドの瞳を染めて、彼女は前のめりに倒れた。

軽々とその身を肩に乗せ、公は天井の紅い姫を仰ぎ見た。

「そろそろうるさくなって来よった。女め――城主は何処にいる？」

地鳴りのような声である。

「父上なら休んでおるわ――おまえたち虫ケラをつぶす前の、ひとときの安らぎを愉しんでおるぞ」

破顔する女へ、リデュース公は意外なことを告げた。

「わしは、おまえの父と戦いに来たのではないぞ」

「何⁉」

紅姫が眼を細めたのは当然だ。

「ここへ来るまで、わしはなぜ、冥府山登りを思いついたのかわからなんだ。黄金の像など空気から幾らでも造り出せる。だが、いまようやく確信が持てたぞ。紅姫とやら、父の下に案内《あない》せい。わしは同盟者と告げてからな」

「私は侵入者すべてを殺せと命じられておる」

紅姫の嘲笑は変わらなかった。

「父上と同盟者？　何処でこしらえた世迷い言じゃ。よいとも、伝えよう。おまえを塵に変えた後でな」

紅姫は両腕を広げ、ほおれと言った。

絢爛たるドレスから真紅の霧が公へと流れ、ミルドレッドもろとも頭から押し包んだ。

喉、肺、脳と灼熱の流れが走り抜け、公は咳きこんだ。

「私の血は毒の血よ。貴族とて耐えられぬぞ」

その結論は正しかったのか、血煙に包まれたリデュース公の影からは、もはや声もない。

否。

「まぎれもない毒血だ。だが、これはどうだ？」

馬車の天井から、一本の管《くだ》が伸長した。

その先から、鋭い噴出音とともに、猛烈な臭気が紅姫へ襲いかかったのだ。

喉を掻き毟《むし》ったのは、紅姫であった。

「この臭いはニンニクか？　――リデュース公よ、貴族の戦いの掟を破るのか⁉」

「我が身可愛さのあまり、な」

血煙の中で、苦しげな、しかし、勝利を確信した声が震えた。

「おのれ――父の前でまた会おうぞ！」

逆しまの姿は、血の霧の尾を引きつつ数メートルも後方へ跳び、そこから二跳び三跳びして、廊下の彼方へ消えた。

貴族にとって致命的ともいうべき臭気の満々たる中で、紅い霧を払いつつ、緋色のマント姿が立ち上がった。

肩のミルドレッドにちらと視線を送ってから、床上で肩で息するヤンガーも見下ろし、

「戦う気はないと言うのに、わからず屋め。さっさと出て来るがいい」

言葉は、ひどく疲れた喉から発せられたような響きを渡らせた。

〝迷路〟だと、すぐにわかった。

ミルドレッドと離れて宙を舞い、到着した場所は、一軒の家くらいもある左右の石柱が幾何学的に立ち並ぶ一角であった。

幾何学の別名は整然さである。だがDの左右に蜿蜒《えんえん》と続く石の柱は、数歩行くだけで方角を変え、入れ替わり、黒い旅人を幻惑すべく務めているのであった。

「脱《ぬ》けるのはちとキツいの」

左手がうんざりしたように言った。

いま廊下に立っていたはずなのに、Dは長大な階段を下りる途中であった。

「永劫の迷子にするつもりか。だが、そうもしておられんわい」

Dは左手を掲げた。

ごおごおと大気が吸いこまれ、それが切れるや、同じ轟きを上げて、階段が変じた半円球のドームの列に吹きつける。ドームは壊れず、水中に投じた絵具のように流れた。後に――直径三メートルほどの穴が空中に浮いている。

「よし――真ん中に突っこむがいい」

左手のアドバイスを聞く間も割かず、Dは地を蹴ろうとした。

先を越されたようであった。

穴の向うから、出現した人影は、七メートルの間を置いて、Dと対峙した。

サージュであった。

「また、邪魔をするか」

左手は呆れた風である。

「用は済んだのか？」

　これはＤの問いだ。

「何者かが、エネルギー供給炉に手を加えた。恐らくは、ヤンガーだ」

「何のために？」

「わからん。だが、いま城の中にいる異物は、見た目とは違う。その辺が絡んでいるかも知れん。おっと、待て。おまえへの用は殺し合いではないのだ」

「――何じゃな？」

「話し相手は統一してもらおう」

「用向きは？」

　Ｄの声である。サージュの頰を安堵がかすめた。

「冥府卿が会いたいと言っておられる」

「用件は？」

「直接訊くがいい」

「よかろう」

　サージュは出て来た穴の方を向いた。

　まず彼が飲みこまれ、Ｄも続くと、穴はたちまち閉じた。

脱けた所は、豪奢な私室であった。

本棚と彫刻と絵画に囲まれた広間の真ん中に、冥府卿が立っていた。背後に天蓋付きの寝台が横たわっている。

「よく来た——立体像が相手をする」

仁王立ちの卿は言った。

「何処にいる？」

とD。

「後ろの寝台の中だ」

そこで事情を呑みこんだらしく、

「そんな目に遇わせた相手は何処にいる？」

とD。

共闘でもするつもりか。

「死んだ。五人組のリーダーだ」

ギャルストン一家の親父だと、Dが理解したかどうか。

「用件は？」

「目下、城の中に好ましからざる異物がおる。それを一掃するのに手を貸してもらいたい」

黙って立っていたサージュが、怒りの表情を寝台に向けた。

「父上――それは」

「おまえたちを信じないのではない。だが、今度の敵はいままでの賞金稼ぎや宝捜し屋どもの比ではない。わしの父を斃した一団の再生だ。滅びぬまでも負傷を負うくらいは十分にあり得る」

「お守り役かの?」

左手が噴き出した。サージュの顔が怒りのあまり紫色に染まる。

次のDの行動は、彼にとって幸せを呼ぶ一撃だったかも知れない。

「断る」

言い放つや、Dは高々と跳躍したではないか。目標は寝台の中にいるものだ。

こちらも地を蹴ったサージュが右方に迫るのも構わず、背からの抜き打ち――寝台ごとそこに眠る城主を二つに割っていた。

2

寝台は崩れた。崩壊する天蓋を見つめて、

「やはりハンターと貴族――不倶戴天の敵とみえる」

サージュは嘆息した。

寝台の公爵が消えたとDにはわかっている。次元移動《Dボート》か瞬間移動《テレポート》だろう。

「ま、こうなるのは父上も承知の上だ。どうしても駄目かね？　——おーっと⁉」

大きく後方へとんだのは、Dの胸中の指摘を看破したせいか。

次はおまえだ、と。

「では、お相手つかまつろう。『不死者づくり』の技を忘れてはいまいな」

いかなる攻撃も無効とする甲冑《かっちゅう》をどう破るのか、Dよ。

広場の一角に殺気が凝集した。

それが極限に達したとき、生と死の炸裂が生じる。

だが、その寸前で集中はほどけた。

「紅姫⁉」

敵の驚きを決して見逃さぬDの一刀——「不死者づくり」の装甲は、腋《わき》の下から真横一文字に切り裂かれていた。

「くうっ」

と洩らすサージュへ跳躍しかけたDを、赤い霧が包んだ。鮮やかな色彩《いろ》は動脈血に違いない。

それはDの鼻口を塞ぎ窒息状態に陥れた。

「これが『紅嵐《べにあらし》』——私の血にまみれて死ぬがよい。サージュよ、下へ行け。招かれた連中が右往左往しておるわ」

「それはいいが、おまえ――ひとりで……」

「ほほ。見たであろう。Dという名の男は、その名にふさわしくもなく、『紅嵐』にあがいておる――とどめはいま刺す。行け」

「わかった」

サージュが身を翻しても、紅姫は血の霧の方を向いたまま、

「殺すには惜しいほどに美しい男――だが、これも我々の戦いのルールだ。従う他はない」

「そのとおりだ」

それは嗄れ声ではなかった。血の霧のただ中から吹きつけたDの言葉であった。

はじめて、紅姫は立ちすくんだ。

ごお、と風が鳴った。

紅い霧塊の内側から突き出た一本の左腕をその眼が映した。

手の平に、小さな口が開いた。死の霧はその中に吸いこまれた。

みるみる薄れ、縮小するその中から、黒い影が躍り出るのを、紅姫はむしろ恍惚として見つめた。

眼前に着地したDの一刀が、その心の臓を貫いても、眼差しは変わらなかった。

「女を殺したくはないが」

崩れ落ちた紅姫を見下ろしてつぶやいたのは、Dであろうはずがない。

「貴族との戦いは、正に修羅――紅姫とやら、悪く思うな」

Dは無言で、サージュの消えた部屋の奥へと歩き出した。


何を？


血臭と静寂のみが支配する空間に、実は死の瞬間から流れている言葉があった。あまりにも細く、Dの聴覚さえ感知できなかったそれは、私にお返し下さい、であった。

それは誰もが忘れていたものであった。

それが目当てで俊峰を登ったはずの者たちの意識にも、いまはかけらもなかった。

しかし、それは動きはじめた。自らの存在を知らしめるためではなく、創造された目的に従って。

「これは」

嗄れ声に、Dは足を止めた。

「勘づいておろうな。動いているぞ」

「何がだ？」

「腕じゃな」

すでに紅姫の意識は死の世界へ向かいつつあった。生物が息を引き取るとき、最後まで残るのは、聴覚といわれる。

鼓膜にそれは届いた。人間の耳では捉え切れぬ幽かなささやきにも似た、しかし、美しい響きであった。

絶えていたはずの情動が胸中の一点に生まれた。

生への希望。敵への憎悪。神しか知り得ない精神の活動が、視覚へも命令を発した。

閉じられていた眼が開き、それこそ眼と鼻の先に転がっているものを認識した。

巨大な塊だが、正体は一目瞭然であった。二個の眼球だ。それは黄金の巨像がその腕でえぐり取った品であった。

「役者は揃った」

城の何処かにある隠し部屋の車椅子の上で、冥府卿はつぶやいた。

「これでお望みは叶いましたかな、父上？」

彼はその場にはいない〝父〟に話しかけた。そして、同じ口で、

「揃ってからが難題よ」

と言った。似てはいるが、別人のように重々しい口調であった。

「おまえはまだ生き延び、わしは殺された。滅びたとは言うまい。だが、わしは虫ケラにも劣

る人間どもに杭を打ちこまれ、その怨念のみでこの世に留まっておる」

「父上を手にかけたのはひとりでございます。彼をあの世に送っても、お怒りは晴れませぬか？」

「晴れぬ」

冥府卿の父は怒号を放った。部屋が震えた。

「彼奴《きやつ》らの生まれ変わりを根絶やしにせぬ限り、わしはこの地に留まらねばならぬ。それが如何なる苦しみを伴うか、伜よ、おまえにも伝えたはずだ」

「仰せのとおりです。私はさような目には遇いたくありませぬ」

「ならば、ひとり残らず殺せ！　甘言を弄して延命を企てる輩も多いであろう。ゆめゆめ過ちを犯すな」

「承知しております」

冥府卿は自分で命じ、自分で応答した。

Dとミルドレッドが目撃した過去の城主の殺戮《さつりく》は、ここに実証された。登山者を招いたものは、黄金の像への欲望ではなく、一千年に亘って残る憎悪と怨念だったのだ。

「ですが、ご存じかも知れませんが、異物が幾つか入りこんでいます。そのうちひとつは、他と隔絶した途方もない力を有しております」

「力のみならず美しさもだ」

父の声に妖しい響きがこもった。

「あの強さと美しさ――ひょっとしたら……〈神祖〉の試みは成功していたのかも知れん」

「――それは？」

冥府卿はただならぬ声を上げた。〈神祖〉の伝説的な行動に関しては、貴族たちすら窺い知れぬ神秘の霧に閉ざされていたのだった。

「――言えぬな」

「………」

「何故か、口外できぬのだ。書くことも同様だ。恐らくは全貴族が思考コントロールを受けているのだろう」

「全貴族が⁉」

冥府卿の声は戦慄にこわばった。そして、彼は頭上をふり仰いだ。

「一万と数千年、どれくらいの数と量の宇宙線がこの星に降り注いでいると思う？　恐らくはその中のひとつが〈神祖〉には必要だったのだ。それは――成し遂げられたのやも知れぬ」

「愚かな息子とお笑い下さい。想像も出来ぬ数字です」

「よい。それよりも、憎むべき輩の処分じゃ。ひとりずつじわじわと思ったが、事態は変わった。まとめて地獄の炎に投げこんでくれる」

「どのように？」

「城のあらゆる通路は、一地点に通じる。〈貴族の紅い間〉へな。そこへ招かれるべく、奴らは山を登ったのだ」

「私は存じませんが」

「知らぬが道理。わしが出来損ないどもとヒューマノイドどもに命じ、極秘裡に造らせたひと間よ」

「この時のために、ですか？」

「いまとなればそう思えるが、そのときは正直わからなんだ。どうやらわしも、何者かのコントロールを受けていたのかも知れん」

「それは――〈ご神祖〉の？」

「わからぬ。わしごときには何も、な。それ故に叛旗《はんき》を翻しもしたのだが、わしに出来たのは、狂獣どもを造り出すに留まった」

「それが、〈ご神祖〉の意に背くものであるとしたら、〈ご神祖〉の目的とは、もしや――」

ある考えが冥府卿の脳裡に閃いた。しかし、それは形を取る前に――

冥府卿は両手で頭を抱え、椅子の背に上体をもたせかけた。

「ああ、いま確かに――感得したものを。〈ご神祖〉よ、何故、邪魔をなさるのか？」

苦悩の表情が剛毅な男のものに変わって、

「無駄な考えはやめい。無益に悩むでない――それよりも聴け。いや、感じるがいい。動きはじめておるぞ」

「――何が、でございますか？」

「像が、じゃ」

「黄金像が⁉」

自らの言葉に冥府卿は驚愕の極みに達した。あの像がいつ、だれの手によって建立されたものか、彼は知らなかったのである。

「あれは、おまえも知らぬ遙かな過去に、わしがこしらえたものよ。何故か、とは問うな。それはわからぬのじゃ」

少し沈黙を置いてから、冥府卿はこう問うた。

「この日のため――でしょうか？」

質問の意味はこうだ。あなたは滅びる前に復讐を企んでいたのか？　そのために黄金の像を建てたのか？

「黄金を崇めるのは人間のみじゃ。わしは空気の元素変換によって好きなだけ生成してのけた。造りながら、何故かという問いは、常に胸から消えはしなかった」

二人の間にまた沈黙が落ちた。

それは長く続かなかった。

「動き出したな」

冥府卿は、父の眼で疑惑の視線を上に向けた。

「ほう、両眼をくり抜いたか。誰に与えるつもりだ?」

「――まさか、父上……まさか、紅姫に眼を……」

冥府卿の青白い顔が、紙の色になった。


城内では闇の時刻《とき》がなおも続いていた。

「すでに昼だが――眠りの時刻《とき》は訪れぬな」

と豪奢な居間の中で、リデュース公が、声にある感慨を込めた。

「この城は他の貴族のそれと異なるつくりらしい。住人が見当たらぬのも、そのせいか」

「あんた、何故、ここまで登って来たんだい?」

と尋ねたのはヤンガーだ。

「おれたちと違って黄金像が目当てってわけでもあるまい。冥府卿の生命でも狙いに来たのか?」

「奴に興味はない。私にもわからんのだ。ただ、来なければならなかったらしい。それを知るために共闘を申しこんだが、腹の中は見透かされていたか。こうなれば、奴が現われるまでひと暴れしなくてはなるまいな」

馬の眼が破壊粒子の奔流を天井に向け、開いた口から小型ミサイルが四方に飛んだ。

　天井が焼け崩れ、石柱も石壁も溶解する。かつて味わったことのない破壊が、城とその歴史を脅かしていく。

　灼熱した破片や瓦礫《がれき》を満身に浴びながら、馬車も平然と城内を駆け巡る。

「シャグとか言ったな――下りろ」

　当人と――ジェニーが眼を剝いた。

「尖兵になって敵を誘い出せ。おまえの念力攻撃なら大概の敵は斃《たお》せるだろう」

「承知」

　素直に従うはずのない叛骨の若者の頸部《けいぶ》には、二つの傷痕が残っている。咬み痕だ。リデュース公のものかジェニーの仕業か。

　シャグは馬車を下りた。ジェニーも止めなかった。

「出て来い、冥府卿。城の破壊はさらに進むぞ」

　新たな死の火線が壁を貫いた。

　シャグは破壊のただ中を疾走した。貴族の下僕と化した身には、降りかかる灼熱の石塊《いしくれ》も気にならなかった。火傷を負っても、すぐに完治してしまうのである。巨大な石柱が倒れかかって来たときのみ、彼は念射を使った。凄まじい念力の放射に、数百トンの石柱はもとの位置に戻って天井を支えた。

いつの間にか、静謐《せいひつ》な空間に出た。見たこともない器具やテーブル、椅子等が並んでいる。貴族のレクリエーション・スペースであろう。満ちる光も青い。

鮮やかなタイルを貼りつけた廊下の向うに、若い男がひとり立っていた。

「冥府卿の部下――いや、その服装からすると、倅か。ようく出て来たな」

「侵入者はすべて始末する。それが役目だ」

「楽しいお役目だな、え？」

二人の距離は二〇メートルを超えていた。

何千年もの間、静寂と青い光のみが栄えたこの部屋に、いま、修羅の戦いが血風を巻き起こさんとしているのであった。

3

シャグの立つタイルに、ぴしりと一線が走るや、獣のごとくサージュの足下へと疾走した。

それが左右に開くとは。サージュは跳びのこうともせず、その亀裂に飲みこまれた。

全身を震わせ、亀裂を閉じると、シャグは高らかに笑った。

「大層な鎧をつけて口ほどにもねえ。てめえの親父も――」

「どうするつもりだ？」

その声は確かに亀裂の中から聞こえたのである。

シャグは閉じたはずのひびが、サージュを飲みこんだ位置で二本の手を突き出しているのに気がついた。

肘から先が曲がると、タイルの床に触れた。亀裂が装甲姿を噴出したのは、次の瞬間だった。数メートル先に着地を決め、

「この鎧がある限り、私は死なん。これを粉砕するには、超古代の知識が必要だ」

サージュは地を蹴った。

空中でふりかぶった右手の剣《つるぎ》は、青白い光ごと、立ちすくむシャグの頭頂から胸骨椎まで斬り下ろしていた。

だが、眼を剝いたのは、サージュの方であった。彼は致命傷を与えた相手から刀身を抜こうとした。びくともしなかった。頭を割られる寸前、シャグは両手の平で刃をはさみこんでいたのである。

「——後は」

血と脳漿《のうしょう》にまみれた顔が、凄絶な言葉を吐いた。

「——任せたぞ、Dよ」

血塊とともに吐いたそのひと言を土産に息絶えても、シャグは刀身を放さなかった。膂力《りょりょく》よりも念力による把握だったのかも知れない。

サージュは武器を諦め、シャグの入って来た戸口へ眼をやった。

世にも美しい黒衣の若者が近づいて来るところだった。

「追って来たか――だが、これが最後だ」

サージュは、祈るようなシャグの身体から数歩横へのいた。

「『不死者づくり』は改良済みだ。おまえの剣にもやわか討たれはせぬぞ。Dよ、私の『不見鬼《ふけんき》』を破る方策は立てたか？」

見えざる手裏剣の投擲《とうてき》技「不見鬼」。Dすらも手傷を負った技への対抗策はあるのか、Dよ？

すう、とDが走った。正《まさ》しく美しい黒い風。それがいかに鬼気を湛えたものであったか、こちらも跳び離れたサージュの表情は、かすかにこわばっていた。

横殴りの白光が閃き、黒い稲妻がそれを叩いた。世にも美しい殺意の響きは、なおも倒れぬシャグの頭上で消えた。

シャグの死体を挟んで左右。Dは一刀を片手青眼に構え、サージュは両手を垂らしたままだ。

「やはり――やる。私のナイフを打ち落とした上、『不死者づくり』を両断したか。だが、言ったはずだぞ。改良は進んだ、と」

先に戦ったとき、Dの剣は装甲ごとサージュの肉体を斬り裂いた。サージュは血を噴き、逃亡したのである。だが、いまはその必殺の一刀を物ともしない。

満腔の自信を持って、サージュは「不見鬼」の投擲を定めた。

ふと、その眼にあるものが映ったのだ。シャグの顔が――いや。

胸中に広がる鮮血のような驚きをこらえつつ、彼は「不見鬼」を打った。

Dの刃は最初の一本を打ち落とし、二本目は躱《かわ》し切れずに胸に受けた。

その前に、凄まじい激痛をサージュも胸に感じている。「不死者づくり」ごと心臓を貫いたものは、Dが打ち落とした一本目の「不見鬼」であった。

「『不死者づくり』を破れるのは、『不見鬼』のみ。どうして――わかった？」

「教えてもらった――彼女に」

Dの瞳がわずかに動いて、シャグの死顔を映した。死に移る一瞬、それが老婆に変わり、不斬の鎧の弱点を伝えたと、サージュにはわからぬことであった。

やっと横倒しになったサージュには眼もくれず、Dはシャグの方を向いた。

すでに生の兆しも失った顔に、老婦人の顔が重なって――消えた。


戦いはもうひとつの場所でも繰り広げられていた。

リデュース公の馬車を、侵入者用の迎撃装置が迎え討ったのである。

床は崩れ、天井が落ちて来た。馬車は防禦《ぼうぎょ》シールドでそれを撥ね返し、床に孔が開《あ》くや、その寸前に磁力場推進で切り抜けた。

不意に広大な一角に出た。

「思ったとおりだ」

と公がにんまりしたのは、同じ貴族同士、打つ手も読んでいたからか。

広場には縦横の果てても見えぬ大プールが設けられていた。プールの水は鮮血であった。これを予期していたらしいリデュース公によって、車体は密閉されていたが、立ち昇る臭気をひと呼吸《いき》でも吸いこめば、その濃密さに、ミルドレッドを除く全員が発狂したに違いない。過ぎし日、城の住人たちは、日が暮れるやここに集合し、血の中で泳ぎ、貪ったに違いないからだ。

「残念ながら、スイミングを愉しむ余裕はない」

公は苦笑を浮かべた。

「だが、それにもかかわらず、泳がせようとする者がいるらしい」

全員の眼は、赤い水面に立つ、これも真紅の衣裳をまとった女を捉えていた。

「私は紅姫じゃ」

数分前にこと切れたはずの女戦士の声は車内に美しく鳴り響いた。

「ここで待っていたのは、おまえたちをその車から誘い出すためじゃ。たとえ、外部から遮断されていても、このプールを眼の前にして素通りは出来まい。さあ、そこから出るがよい」

これは誘いではない。挑発だ。血臭の一片だにない車内に異様な雰囲気が立ちこめた。

「来ぬか、リデュース公——貴族が貴族を怖れるか?」

「まるで貴族の戦闘士のようだな」

公は嘲笑した。

「だが、血の疼《うず》きはともかく、女に戦いを挑まれて背を向けるわけにはいくまい。ジェニー――行け」

ヤンガーの怒りの視線がリデュース公を貫いた。ミルドレッドは――ベッドに伏したままだ。

「承知いたしました」

滅びを懸けても主人の命《めい》に従うのが貴族の血の掟だ。ジェニーは馬車を降りた。血臭が流れこむ。

「おまえは――何者じゃ？」

と訊いたのは紅姫だ。

「あたしはジェニー・ギャルストン。いまはリデュース公の下僕」

「ほほほ、もどきか。では本当の貴族の力を知ってもおろうに気の毒な。まがいものでも、貴族の愉しみを甘受する前に、ここで逝け」

音もなく、紅姫の周囲から血の水が湧き上がった。それは一本の真紅の竜巻と化して見えない天井高く渦を巻いた。

「受けてみよ、『紅蛇《べにおろち》』じゃ」

ねじくれた水柱は蛇のようにジェニーに巻きついた。その中で身体は関節ごとに分解されるはずであった。

竜巻を突き破って飛来した鉄の楔《くさび》が心臓を貫くとは、紅姫も予想すら出来なかった。

真紅の紅蛇は崩れてとび散った。降り立ったジェニーは薄く笑った。

「あんたが本物なら、あたしはもどきの改良型よ。感謝するわ、リデュース公」

馬車の中で、公は何を試みたのか。ジェニーは左手で五〇センチ近い蛮刀をひとふりした。

「さすがに心臓を貫いただけでは、まだ保つようね。いま、その首を叩き落としてあげる」

近づく先で、紅姫は胸の杭を引き抜こうと身悶えの最中であった。

その背後で、ジェニーが蛮刀をふりかぶった。狙いは首だ。吸血鬼の力なら、女の細首を落とすなど造作もない。

「溶けぃ!」

声より早く飛んだ刃は一気に首の半ば——頸骨の半ばまで食いこんで止まった。

杭が引き抜かれた。紅姫が低く笑った。ふり向いた。

両眼は紅く染まっていた。首の刃に手をかけ、紅姫は易々と引き抜いた。

「見るがよい。父上さえも怖れた眼の力を」

ジェニーが両眼を押さえた。眼球が忽然と消滅したのを感じたのだ。

「眼は小手調べだ。次は——」

そこで紅姫の眼球は光を失った。

自身がやって来た戸口から、黒衣の姿が現われたのである。

Dはひと眼で事態を了解した。

「サージュは滅んだ」

と言った。紅姫の全身が硬直した。

「お、おまえが？」

声も石のようだ。

Dは答えない。だが、その全身から立ち昇る鬼気に答えを察して、紅姫は身を震わせた。のけぞらせた顔が天に吠えた。

おおおおおおお
「このためか——神よ、私の眼を戻したのはこのためですか？」

顔が戻った。真紅の線が二すじ頬に走っていた。血の涙であった。女は右眼のみを開いた。それは血光を放った。

「父が神に我が眼を委ねたのは、この故じゃ。Dよ——誰も知らない場所へと逝くがよい！」

この瞬間、Dの刀身は紅姫の心臓を貫いていた。だが、真紅の穴が彼を吸いこんだのだ。空中に突然開いた巨大な穴が。

「いかん⁉」

恐怖にまみれたリデュース公の声を、ヤンガーとミルドレッドは、はじめて聞いた。女猟師は覚醒したばかりであった。

「脱出せよ！」

叫んだ相手は歩行馬車であろう。馬車が反転する。その寸前に扉へ走った影がある。

「何をする⁉」

血相変えたヤンガーへ、

「人助けよ」

答えるミルドレッドの片手は弓を持ち、片手は開閉ボタンを押している。

開いたドアから凄まじい風が吹きこんで来た。とび下りて、ミルドレッドは眼を剝いた。大プールの水が――血が、遙かに大規模な大竜巻と化して、虚空の巨大孔へ吸いこまれていくではないか。いや――林立する石柱が次々に中心部からへし折れるや、これも竜巻の後を追う。つかえた石柱はみるみる砕けて赤孔に消えた。

馬車は走り出した。

地を這う虫の態でミルドレッドは両眼を押さえて悶えるジェニーに這い寄って、

「しっかりして」

と声をかけた。血まみれの顔が苦痛のるつぼに身をよじりつつ、

「あの女猟師ね――昔の名前はサイモンだったわ。何しに来たの？」

ミルドレッドはジェニーの腕を摑んだ。

「助けによ——馬車は行っちゃったけど」

「莫迦ね——さっさと逃げなさい」

「一度、あたしを見逃したわよね。それに、昔馴染みでしょ」

「そうよ、サイモン。あたしはカルヴァ。七歳の男の子だった」

凄まじい力が二人をすくい取った。

「お逃げ！」

ジェニー＝カルヴァは、ミルドレッドの手をふり払った。離れたミルドレッドの身体を渦巻く風が反対方向へ取り去った。

「カルヴァ⁉」

流れ去る血まみれの顔が、こちらを見て微笑んだ。ごおごおたる唸りを裂いて、低い声が鼓膜を打った。

「あたしたち、結構、仲が良かったわよね——よく聞いて」

続く言葉を胸に収めて、何か返そうとしたミルドレッドは、孔の中へ消えるジェニーの姿を見た。

その身体が浮き上がり、後を追おうとする。

「——危《やば》い」

と思ったかたわらを、石柱の基部がかすめた。夢中ですがりついたが、異次元への吸引力はやまなかった。

彼方の元凶――紅姫を睨みつけて、こん畜生と罵った。驚きが胸を衝いた。

紅姫は右手に短剣を握っていた。それを開いた眼に近づけていくではないか。

「我ながら、怖ろしい力」

と魔姫はつぶやくように言った。真摯な声であった。

「放っておけば、何もかも飲みこんでしまうであろう。この世界を構成する原子の一片までも。ああ、父上、私は恐れます。敵はなおも残っておりますが、世界に敵対は出来ませぬ。私は――私は――」

自らの奮う力に心底恐怖した美姫は、次の瞬間、ナイフを開いた眼に突き刺したのである。声もなくよろめいた――同時に、呪われた眼の妖力にも破綻が生じたのか、孔は忽然と消滅した。

血の糸を引きつつ、紅姫は廊下へと歩き出した。

「残るはリデュース公とあと二人――必ず斃す。返り討ちにされたとて、まだ片眼が残っておるぞ」

叫びがもたらす怨念と妖気に、ミルドレッドは石と化した。

一メートルと離れていない場所を片目の紅姫が通り過ぎても、動きは戻って来なかった。紅姫が標的たる自分を見過したのは、痛みと激情が理性を失わせたのだろう。

頭上で破壊音が鳴った。

見上げるまでもなかった。見えざる高みから、数万トンの石天井が落下して来たのだった。

第七章　貴族の紅い闇で

1

城内を支配しているのは渦であった。怒りと憎しみの渦だ。いかなる場所でも隙間でも荒れ狂うそれは、血の色すら帯びているかと思われた。血は古《いにしえ》の血であった。一千年前、ここで流された怨念の血だ。渦はいま、城内にいるすべての生命を巻きこみ、寸断しようと牙を剝いていた。石の床に、壁に、天井に、眼には見えない蜘蛛《くも》の巣状の亀裂が走っていく。

「どうだ？」

と冷たく美しい声が訊いた。

「少々、厄介じゃ」

嗄《しゃが》れ声は、ひどく遠くから或いはひどく近くから聞こえた。ここでは空間が歪んでいるのだった。

「このままでは近づくことも出来ん。いままでとは格が違う時空間牢じゃ。おまえひとりで何とかせい。——おや?」

と次の台詞を嚙み取って、

「何処かにもうひとりおるな」

「何処だ?」

「さあて、この感じだと、近ければ一メートル以内、遠ければ十億光年先——どうも摑めぬなあ。これの口を開けた娘——紅姫も、ひょっとしたら後悔しておるぞ」

「やってみよう」

と美しい声が言った。

「任せるしかないが——気をつけい」

嗄れ声に、はっきりと怯えが生じた。

「おまえにしか出来んことをやらかすと——こちらも世界がどうかなりかねん」

「そこにいるのは——D?」

とジェニーは訊いた。

「そうだ」

「いるのはわかる。でも、何処にいるのよ?」

「誰にもわからんのじゃ」

「あら——元気そうね、あんたも。ねえ、ここは何処？」

「紅姫とやらの眼が造り出した異空間じゃ。入ったら、一生脱出できん」

「静かに暮らせそうね」

「全くじゃ」

「でも——あの狩人娘が待ってるわよ。リデュース公も。あのままじゃ、きっと共倒れだわ」

「残るは黄金の像だけか？　そうはいかんぞ」

　嗄れ声に何を感じたか、

「何か危険なの？」

「ああ、いまあいつは自らの血を吸おうとしておる。この空間を破るためにな。だが、事はそれでは済まんのじゃ。恐らく万分の一の確率で、奴は狂う。血は大量に必要なのじゃ。あるDNAを持った血がの」

「あたしの血じゃ？」

「いかんのう」

「………」

「いいや」

　Dの声がした。その響きに二つの声の主が凍りつく気配があった。

「——来い」

ジェニーは自分がもの凄い速度で移動していくのを感じた。

暗黒の中に光景が生じた。それはめまぐるしく変わった。

「おいらは——カルヴァ」

ジェニーは七歳の少年だった。

「あたしはユーベックだよ」

白髪白髯《はくぜん》の学者であった。

「あたしはチムズレールよ」

二〇代の婦人であった。

「あたしはザキューシンです」

八〇を超す老婆であった。

「転生の歴史か」

と嗄れ声が呻《うめ》いた。

「——すると」


リデュース公の馬車は、巨大な扉の前に辿り着いた。

「おかしい」

と公がつぶやいた。

「さっきまで当てもなく走っていたものが、急にここへ出たか。招かれたようだ」

「いよいよか」

ヤンガーが頭を掻いた。唇の間から牙が覗く。

「やっと見つかったらしいぜ、死に場所がよ」

扉が大きく左右に開いた。待っていた、と。

ためらわず、公は歩行馬車を進めた。

真紅の部屋であった。窓ひとつない。

千人を集めて自由に踊れるスペースの中央に、石の柩が置かれていた。その横に車椅子。

沈黙が車内の二人を包んだ。

その脳裡に記憶が閃いた。

「あれだ」

とリデュース公がつぶやいた。

「刺した」

とヤンガーが言った。

「そうよ」

とミルドレッドがうなずいた。天井の下敷きになる寸前戻ってきた馬車とリデュース公が彼女を救ったのだ。

サイボーグ馬の粒子砲を放った。

真紅の灼熱粒が尾を引きつつ柩を捉えた。直撃が飛んだ。柩はそのままだった。

石の蓋が下方へ滑りはじめた。

止まった。

人影が上体を起こした。

冥府卿である。

「よくぞ、〈貴族の紅い間《ま》〉へ」

と柩の中の者は恭《うやうや》しく言った。

「余が冥府卿だ。余の前に娘と倅《せがれ》に会ったであろうな」

「確かに」

リデュース公が応じた。

「そこから出ろ」

車内を緊張が固めた。

冥府卿の言葉だ、声だ。本人もそこにいる。だが――

「ほう、生きて――いるわけがないな」

リデュース公が納得したように言った。

「ああ。憑きやがったな」

とヤンガー。

「親子同居か」

ミルドレッドは驚く前に呆れているようだ。

彼らにはわかるのだ。冥府卿と名乗った貴族は、一千年前、彼らが心の臓へ楔《くさび》を打ちこんだ城主であった。

「よもや忘れはすまいな。真の冥府卿の名を？」

彼は立ち上がり、柩から下りた。

同時に、リデュース公が戸口へと進んだ。後へ続こうとするミルドレッドへ、

「おまえはここにおれ」

と命じた。

「でも――」

「ならぬ、おれ」

「心配すんな。すぐ戻って来るさ」

とヤンガーが肩を叩いた。

「ひとり足りんぞ」

冥府卿の指摘に、

「ひとり多いな」

とリデュース公が言った。

「では、滅らすとしよう」

冥府卿が右手を上げた。その手が宝石をちりばめたナイフを握っているのを、これまで見た者はない。

彼はそれを自らの心臓に躊躇なく、鍔《つば》もとまで突き立てたのである。

「ち――父上⁉」

驚愕の叫びを上げたのは、卿自身であった。自らを刺し貫いた短剣を、彼は刺したその手で抜こうと苦悶した。

そして、すぐに凶器を抜き取るとその場に投げ捨てた。

「邪魔な倅は滅んだ」

その声がどう響いたか、ヤンガーの頬を汗が伝わった。過去の怨念は、ついに実の息子さえも斃《たお》してのけたのだ。

彼は両手で胸を叩き、

「千年待ったぞ」

と叫んだ。

「このわしが身動きできぬのを待って墓所へ入りこみ、楔を打ちこんだ憎い奴ら。どれほど憎んでも飽き足らぬ。だが、二人はすでに死んだ。地獄の苦痛を味わってな。後はちょうど三人。

甦ったこの手で引導を渡してくれよう」

「子殺しめが」

リデュース公が嘲笑《あざわら》った。

「子殺しの汚名は一生消えぬ。それを抱いてもう一度地獄へ落ちるがいい」

「そうともよ」

ヤンガーがのけぞるようにして笑った。

「引導なら、おれが渡してやるぜ」

貴族ともと人間と——二人の敵を凝視していた昏い瞳の中に、ある翳がゆらめいた。

「違う」

冥府卿——の父は言った。

「おまえたちではない。この千年、わしが憎み通して来たのは、おまえたちのどちらでもない。馬車の中のひとり——出て参れ」

「出るな！」

身をよじってリデュース公が叫んだ。次にその顔を埋めた茫たる表情からは、自らもその叫びの意味が不明だと告げていた。

ミルドレッドは二人の声を聞いていた。

傷だらけの身体——苦痛を訴え、同時に抑えんとする脳の中に、過去が閃いた。

あのとき、柩の中のものに打ちこんだのは――あれは大男――ドルフのツルハシではなかったのだ。

ドルフはぎりぎりのとどめで怯え、しくじった。そして、若者――サイモンが杭とハンマーをふるったのだ。すなわち千年後の、ミルドレッドが⁉

――あたしが⁉

その耳にもう一度、

「出て参れ」

と聞こえた。

2

ミルドレッドは立ち上がった。痛みは気にならなかった。扉へ向かうのは、ハンマーと杭を握った精悍な若者――サイモンであった。

外へ出た。

風がゆっくりと巡った。血の香りが鼻を衝いた。

「出るな」

リデュース公が歯を剝いた。

「いいえ、行くわ。奴の狙いはあたしよ」

ミルドレッドは弓につがえた矢を、冥府卿に向けている。殺気を死に変えるのは一瞬なのだ。

「よしな」

ヤンガーが前へ出る肩を摑んで止めた。

「おい、冥府卿の親父——おまえの心臓にツルハシを打ちこんだのはおれだ。まず、おれから行くぜ」

「やめて」

ミルドレッドに出来たのは、そのひと言だけだった。ヤンガーは床を蹴った。

二〇メートル近い距離を難なく跳躍でゼロとする。

冥府卿の顔前で両手が広がった。それは黒い翼であった。そのひとふりで、数十本の羽根針が冥府卿に襲いかかる。針に塗られた猛毒は冥府卿といえど、致命的な打撃を与えるに違いない。

リデュース公が、ミルドレッドの前へ移るや両手を広げた。

そのマントと全身に黒い羽根が突き刺さったではないか。ヤンガーは空中で身をひねり、公とミルドレッドに毒羽根を投じたのだ。

リデュース公の顔は青黒く変化し、鼻孔と口から太い血のすじが流れ落ちた。血も青黒く染まっていた。彼は片膝をついた。ヤンガーはすでに冥府卿に血を吸われていたのである。だが、後ろにいるのは冥府卿ではない。その父だ。本来ならヤンガーを支配は出来ないのだ。それをひと睨みでやってのけたのは、彼の力が息子より遥かに勝る証拠だった。

「馬車へ……戻れ……城を出ろ」

「あなたは——どうして？」

公はうすく笑った。その顔は別人であった。妖艶極まりない女がそこにいた。

「私は——ゼルダよ」

とリデュース公は言った。声も女のものであった。

「あなたとは、愉しい仲だったわよね、サイモン？」

ミルドレッドは、自分がおれはと口にするのを聞いた。

「おれは、どうしてもこの手で奴を滅ぼしたかった。母の仇だからな。だから、ドルフがツルハシを打ちこもうとした寸前に待ったをかけた。だが、彼は拒否したんだ。貴族を滅ぼせば英雄になれるって。それを止めたのは、ゼルダ、おまえだった」

ミルドレッド＝サイモンは、リデュース公＝ゼルダの前に廻った。

「おかげで、母の仇は討てた。今度はおれがおまえを守る」

一部始終を凝視していた冥府卿が歯を剝いて笑った。

「さて、どう守るつもりだ。転生したら、少しは厄介な存在になっているかと思えば、前と同じただの人間ではないか。八つ裂きにするのはいいが、少々物足りん。ヤンガーとやら、わしがとどめを刺す前に、少々いたぶってやるがよい」

　にんまりと唇から乱杭歯を剝き出して、ヤンガーは二人の敵の方へ歩き出した。

「来るな！」

　ミルドレッドが矢を向けて制止した。

「まず右腕をもげ」

と冥府卿が命じた。

　歩きながらヤンガーはうなずき、すぐに足を止めた。ふり向いて両手をふった。

　唸りをたてて毒針が襲ったものは、冥府卿であった。ヤンガーに過去が戻ったのだ。

　数十本の黒い羽根を浴びたまま、冥府卿は右手の指を鳴らした。

　真紅の天井が波立ち、滝のようになだれ落ちた。

　間一髪躱《かわ》したつもりが、床も液状となって足を取られたヤンガーは、左半身に血の滝を浴びた。

　貴族の不死性は滅びを知らぬ細胞から成り立っている。それが骨ごと溶けた。血と見えたものは、灼熱の溶液であった。

「この間《ま》に入ったものは、〈神祖〉でさえ生きては出られぬ。そのために設けたのだ。ましてや、おまえらのごときもどきめらなど」

　サイボーグ馬が悲鳴を上げた。新たにたぎり落ちた溶液が馬車を叩いたのだ。

車体も馬も溶けていくのを、リデュース公もミルドレッドも見ることは出来なかった。

とび散った溶液の飛沫が頬や肩に触れ、白煙を上げさせたのである。ミルドレッドは素早く厚いシャツを脱いで事なきを得たが、リデュース公の頬には大洞が穿《うが》たれた。

「この部屋は、〈神祖〉殺しのために作ったと言ったな?」

公は頬を押さえた。指の間から白煙が立ち昇った。それを軽侮の眼で見ながら、

「それがどうした?」

「あの黄金像は誰の作だ?」

「わしよ」

「本当にそうか?」

「何ィ?」

冥府卿の表情が変わった。リデュース公の問いは、卿自身が無意識の中に押さえつけていたひどく重要なものを暴き出したのである。

「建造したのは、おまえかも知れぬ。だが、そう命じたのは誰だ?」

「わしだ」

「考えろ」

とリデュース公は、地の底を進むような声で言った。

「よく考えろ。我々は前世の姿でおまえを甦した。おまえは復讐のために甦った。だが、それ

は、我々が――若者だったその娘が滅ぼし損ねたからではないのか？　貴族の肉体と精神の関係はいまだ明らかになっておらぬ。一本の木の枝が心の臓に浅く刺さっただけで滅びるものもいれば、楔《くさび》を打ちこまれ、首を切り落とされても復活を果たすものもおる。おまえもそうだ。考えろ。誰かがそれを見越して、あの像を造らせたのだとは思わぬか？　いや、我々をここへ招いたのも、おまえの復讐の念ではなく、そう仕向けるような意志が働いていたからではないのか？」

怒りが冥府卿の全身を震わせた。その中に明らかな動揺が含まれていた。

「黙れ――世迷い事を」

「聞け。私もこの山を登る数ヶ月前から、不可思議な夢を見つづけていた。途方もなく巨大な山のような存在が、耳もとでささやくのだ。『山へ登れ。それですべてが終わる』とな。あれは何者の言葉であったのか？」

「知らぬ！」

冥府卿の叫びは、公とヤンガーに鮮血を浴びさせた。

公はマントでそれを弾きとばし、ヤンガーは走った。冥府卿へ一矢《いっし》を報いようと試みたに違いない。

卿の心臓へと走った黒い光は束ねられていた。同時に、ヤンガーの身は血の滝に吸いこまれた。

心臓を貫いた黒い羽根をひと摑みにして、冥府卿は引き抜いた。

ひとつ荒い息を吐き、すぐに平常に戻って、

「リデュース公——否、ゼルダと申した女よ、先に行け。おまえの愛したサイモンは、八つ裂きにしてから送ってくれる」

両手が胸前で交差した。

リデュース公が呻いた。その腰まで床にめりこんだのである。着実に彼は溶けていった。

〈貴族の紅い間〉で。

冥府卿がのけぞって笑った。リデュース公が惹起した一抹の不安も忘れ果てた勝利の哄笑であった。

それを聞きながら、ミルドレッドの脳にある顔が浮かんだ。過去の自分でも仲間でもない。世にも美しい若者の顔が。彼女もまた置かれた窮地を束の間忘却した。

「D」

とつぶやいたとき、冥府卿の笑いが唐突に止んだ。

その前に赤い塊が降りて来た。真紅のドレスを着た肢体の上の美貌は燃える隻眼《せきがん》であった。

「紅姫か」

「左様でございます」

と美姫は答えた。声は何かを孕んでいた。

「お祖父さま――初めてお目にかかります。父上は何処へ？」

「おらぬ――彼は滅んだ」

「お祖父さまの手で？」

「よく存じておるな。そのとおりだ。身体はひとつしかないのでな」

「では――塵とさせて下さいませ」

「ほお、異なことを」

「娘は父の仇を討たねばなりません。貴族の掟でございます。たとえ、それが肉親と等しい方であろうとも」

「ほほぉ、その細腕でわしの心臓をえぐるか？」

「左様で」

紅姫の隻眼が異常な光を放った。

「Dと申す男も別の世界へ送りました。あまりに恐ろしい紅姫の眼の秘密を聞いた覚えはございませぬか？　私は恐ろしさのあまり片方をつぶしました。残るひとつは、お祖父さまのために取っておいたものでございます」

「父思いの娘か――貴族とは思えぬなあ」

「父上を憎んでいらしたのでございますか？」

「とんでもない。何処へ出しても恥ずかしくない倅であった」

「なら――どうして？」

「この身体を手に入れるため――と言っても、正直、無ければ無くとも構わぬのだ。あれば使う。となれば、倅は邪魔ものであろうが」

「父上を滅ぼしてどうするおつもりですか？」

「知れたこと、そこの娘を八つ裂きにして城を消す」

「城を？」

「おお」

冥府卿は胸を張った。

「あの黄金像といい、わしを殺《あや》めたものたちの侵入を許したことといい、この城にはわしを、否、この城自体を否定するような気が立ちこめておる。何もかも無に帰せしめるのが肝要だ」

「何もなかったことになさるのですか？　この城も、父上も、サージュも、私も。そして、お祖父さま自身も？」

「おお。合わぬものは滅ぼすのが賢明じゃ。紅姫よ、わしとともに行くか？」

「お断りいたします。父上もサージュも、この城とともに生きるつもりでございました。私もそれにならいまする」

「貴族が、生きると言うか」

冥府卿はせせら笑った。

「好きにせい。わしは望みを果たしたら去る。それまで、のいておれ」

卿は紅姫に右手をふった。その手首を紅姫が摑んだ。そして、彼女は自身の手首に歯をたてるや、一気に嚙みちぎったのである。

水中に広がる絵具のように血の霧が二人を呑みこんだ。

その中に爛《らん》と光るものがあった。紅姫の眼だ。

「消えるなら、お祖父さまが」

声は怒りと悲しみに満ちていた。

「祖父に逆らうか？」

眼は答えなかった。赤い世界に冥府卿だけが映っていた。

その背後に巨大な裂け目が口を開けたのである。Dとジェニーを呑みこんだ赤孔が。

「おのれ」

冥府卿の片手が上がると、握りしめた短刀が紅姫の心臓を貫いた。

「すべてを消してしまう――この片眼によって」

紅姫の悲痛な声は、祖父もろともに閉ざされていく赤孔の彼方から聞こえた。

「私も戻らぬ――世界よ、滅びてしまえ」

その口から鮮血が噴き上がり、血の霧がその姿を拭い去った。

崩壊は止まらなかった。

Dの惨劇が再現されたのだ。石柱がたわみ、壁が崩れ、天井が落ちて来る。あらゆる瓦礫は赤孔に吸いこまれていく。それこそが正しい歴史とでもいうように。

ミルドレッドだけが残っていた。

リデュース公の姿はもうない。馬車もまた。

ミルドレッドは走り出した。方角もわからぬまま、足だけを動かした。

お終いだ、と頭の中を駆け巡った。いくら走っても、世界は赤いままであった。

想像もつかぬ巨大なものが、この城と黄金像とをこしらえたのだ。そして、サイモンとして生きる彼女と仲間たちをこの城へ集めて城主を滅ぼし、あまつさえ、どちらも転生させた。

どうして？　何のために？

悲しみも怒りもこみ上げて来なかった。ひたすら走った。

世界が白く染まった。

変化が生じたのか？

否、真紅の世界と流れゆく建造物はそのままだ。やがて、城は吸収され、山も、ゲルバンダリの町も、〈辺境〉も呑みこまれる。いや、世界も。

変化はあったのかも知れない。

前方に階段が見えた。

駆け下りた。まだ無事な廊下がのびている。それがどこへ続いているのかもわからず走った。

前方に人影が見えた。

絶望が湧いた。

「このままの別れはない運命《さだめ》らしいの」

と、冥府卿は言った。

「紅姫とやらは滅びたが、眼の力はまだ生きておる。世界は消え去るやも知れぬな」

返事の代わりに、ミルドレッドは弓を持ち上げた。手にしているのが不思議だった。

矢が飛んだ。冥府卿は避けなかった。左胸で受けた。

「どうして？」

つぶやくミルドレッドへ、

「わしも心臓を楔で貫かれれば滅びる。だが、矢も弾丸も役には立たぬ。ヤワな貴族には別じゃが、〝エリート〟には愚行だ」

「〝エリート〟？」

「貴族の中から優れたものだけが選ばれ、〈神祖〉の薫陶を受けて、〝生きる〟ことを許されたものの総称じゃ」

その〝生きる〟ことを嘲笑ったのは、冥府卿自身ではなかったか。

「だが、わしは、〝生きる〟ことを拒否した。それは貴族の取る道ではない、とな。そして、〈神祖〉の命に反して、様々な妖体を造り出し、山と里に放ったのだ。今回のことは、すべてそれが原因よ」

〈神祖〉への反抗とその報いが、山嶽での戦いの正体なのであった。

「紅姫の空間から逃れ出たのも、〝エリート〟ならではの技よ。だが、おまえを処分するのに必要はあるまい」

にんまりと、耳まで裂けた唇が、突然、凍りついた。

驚きを隠そうとしてもし切れない顔は、ミルドレッドを見ていた。いや、その背後を。

ミルドレッドはふり向かなかった。見なくてもわかっていた。

——やっぱり——来てくれた。

「〝エリート〟やらの力は、まずおれに使え」

とDは言った。

「貴様——どうやってあそこから？ 脱出できるのは、〝エリート〟のみのはずだ」

Dの唇が動いた。冥府卿はそれを読んだ。

「ジェニー・ギャルストン？」

「六転生前は〈神祖〉の薫陶を受けていた。すなわち、実験をな」

その女から、紅姫の瞳術世界を脱け出す術《すべ》を聞き出したと、冥府卿が理解したかどうか。

棒立ちになった冥府卿の心臓を背中まで刺し貫いた刀身を、彼は摑んで抜こうとした。びくともしなかった。

風を切る音が、その眉間を貫いた。

一秒と待たずに塵と化した冥府卿の身体から抜け落ちた刀身を摑んで、Dはミルドレッドに近づいた。

「これでお終い？」

「そうだ」

「あたしたち——誰に操られていたの？」

Dはミルドレッドの手から弓を奪って、本人の肩にかけた。

「おまえたちは、おれと一緒に貴族を斃した——それだけを覚えておけ」

Dはミルドレッドを担いで四方を見廻した。石壁が石柱が風をえぐって飛んでいく。

Dは石段を駆け下りた。中途で足もとが崩れた。二人は一気に数百メートルを落ちた。ミルドレッドが感じた着地の証しは、足底から鳩尾《みぞおち》を抜けて脳をゆする鈍い衝撃だけであった。

「ここは⁉」

声も平気で出た。

「城の最下部——わしらの侵入箇所じゃ」

左手の嗄れ声を耳にしたとき、ミルドレッドは泣きそうになった。

「脱出は出来るが」

嗄れ声が消えた先——二人が辿って来た通路の先で影が動いた。

「おお⁉　来たか⁉」

聞き覚えのあるその声は――

「タド⁉」

ミルドレッドが眼を丸くして、走り来る人影へ、

「あんた、逃げたんじゃなかったの⁉」

「いや、そうなんだが――気になってな。あれからすぐ、戻って来たんだ。城へ入るのは真っ平なんで二日間だけ待つことにした。そしたら――」

タドが話を終える前に、Dはミルドレッドを彼の方へ押しやり、

「任せたぞ」

と言った。それから、ミルドレッドの眼を見て、

「仲間たちの分も生きてみろ」

こう言い放つや、Dは城へと続く道の方へと走り出した。

「D」

ミルドレッドは呼びかけた。訊かなくてはならないことが残っている。たとえ答えがなかろうと。

「あなたは――何のために城へ来たの？」

影は遠去かる。やはり、答えは無しで。

「――D」

その手をタドが引いた。

それきり、ミルドレッドはDと会うことはなかった。タドは彼女を村の入口まで送って姿を消し、山頂の城と黄金像は煙のように消えた。文字通り消えたと理解できる人間はいなかった。消滅が城と山の七合目辺りで止まっていると知ったとき、ミルドレッドは、ようやくDが城へと戻った意味を理解した。

『D―山嶽鬼』（完）

あとがき

山に関する有名な言葉がある。

何故、山へ登るのか？　と問われて、

「そこに山があるからだ」

私はミもフタもない答えだと思うが、世の中そうじゃない人の方が多いらしく、山をやってる知人に訊くと、あの言葉は、

「深くて感動的」

「あれしかないッすね」

である。

私も何度か登山経験はあるし、やはり体験という奴は、小説執筆の大いなる助けになる。しかし――

もう二度とごめんだ。

前方に立ち塞がる坂道を見るたびにそう思う。

それなのに、また山の話である。

霊的なものを勘定に入れなければ、この世界に異国は海と山しかない。日本の山は、すべて

公的機関の管理下にあるが、世界にはまだまだ「てっぺんまで行った」だけの未知の峻峰がごろごろ天に挑んでいる。

今回のDを書いているときも、

来い来い。みんな食べてやる

という山の声が聞こえたものだ。

するとたちまち、妄想があちこちジャンプしはじめる。ロクに知らない世界を、小説の舞台に変えるのが妄想クンの仕事である。

かくして「D－山嶽鬼」は完成した。

妄想が何を成し遂げたかは、読者の眼で判断していただきたい。

登るのはごめんだが、山の怪談という奴は大好きで、眼につけば立ち読みすることにしている。

岡本綺堂の「木曽の旅人」など、何度読んでも身の毛がよだつ。「新耳袋」の、霧の中でおかしな連中とすれ違う話も忘れられない一篇である。昔、雪山の頂きから小さな雪玉を転がすと、下りる途中でどんどん雪が付き、仕舞いには直径何十メートルもの塊になるという記事を読み、無性に怖くなったものだ。いまは外谷さんを転がしたら麓の町は全滅だなと感慨にふけることしばしばである。

昨日、池袋で「クトゥルー怪談」とやらを含む映画祭があり、私も出動したが、そのための下調べで、ラヴクラフトの映画化には「この一本」がないことが、はっきりした。映画化を目的としたものでない限り、あらゆる文芸作品は映画化に向かないが、ラヴクラフトのように、作者の個性が強すぎると、いまの世の映画は平凡かグロくなるかの二択である。ラヴクラフトほど強烈なアピールのないS・キングの映画化にしても、原作の発行部数や映画化の数はラヴクラフトを凌駕するものの、こちらも総体的に見て凡作の徘徊が続いている。

それでも終わらないのが、ラヴクラフト作品の凄いところで、デルトロだのニコラス・ケイジなどが舌舐めずりしていると聞く。期待しないで待ってるよ――。

令和元年八月某日

「怪談せむし男」を観ながら

菊地秀行

吸血鬼《バンパイア》ハンター36
D－山嶽鬼《さんがくき》

朝日文庫
ソノラマセレクション

2019年10月30日　第1刷発行

著　者　菊《きく》地《ち》秀《ひで》行《ゆき》

発行者　三宮博信
発行所　朝日新聞出版
〒104-8011　東京都中央区築地5-3-2
電話　03-5541-8832（編集）
03-5540-7793（販売）
印刷製本　株式会社 光邦

Published in Japan by Asahi Shimbun Publications Inc.
定価はカバーに表示してあります

ISBN978-4-02-264929-4

朝日文庫

菊地　秀行
吸血鬼《バンパイア》ハンター25　D―黄金魔《おうごんま》［上］

今度のDの依頼主は、貴族から借金を取り立てるから護衛しろという謎の老人。しかも彼は、五〇年前に〈神祖〉に会ったことがあるというが……？

菊地　秀行
吸血鬼《バンパイア》ハンター25　D―黄金魔《おうごんま》［下］

〈神祖〉に愛されたという大物貴族は、自分の娘を借金の利息として差し出すことに同意していた。しかし、その娘というのは⁉〈黄金魔〉編、完結。

菊地　秀行
吸血鬼《バンパイア》ハンター26　D―シルビアの還る道

貴族の城から暇を出された娘・シルビアを故郷まで護衛することになったD。なぜなら、シルビアを連れ戻そうと追って来る貴族がいたからだ。

菊地　秀行／イラスト・天野　喜孝
吸血鬼《バンパイア》ハンター27　D―貴族祭

貴族の入った石棺を運んでいる輸送団が妖物に襲われていたのを救ったDは、そのまま彼らの護衛を引き受けることになるのだが……？

菊地　秀行
吸血鬼《バンパイア》ハンター28　D―夜会煉獄《れんごく》

〈貴族祭〉の行われる村に貴族の石棺を無事に届けたDたちだったが、そこで新たな刺客に狙われることになって……？　孤高の戦士の戦いは続く！

菊地　秀行
吸血鬼《バンパイア》ハンター29　D―ひねくれた貴公子

ダンピールの少年を連れた娘がDを訪れる。依頼は、父である貴族のところまでの護衛。しかし、Dは少年の父親を滅ぼす依頼も受けていた……。